Para meu filho, a razão de todas as coisas.

SOBRE O AUTOR

THIAGO JOSÉ RAMOS DE ARAÚJO formou-se em Psicologia pela Universidade Tiradentes no ano de 2005 e Pós graduou-se em Gestão em Saúde Pública pela FANESE. Há quinze anos é membro do Instituto Freudiano de Psicanálise e apresentou trabalhos em jornadas de Psicanálise em Salvador/BA e Aracaju/SE. Trabalhou no Centro de Atenção Psicossocial álcool e outras drogas, hospital psiquiátrico e gerenciou os serviços de média complexidade da Secretaria de Assistência Social, bem como presidiu o Conselho Municipal de Assistência Social da cidade de Aracaju. É psicanalista e atua em consultório particular.

Pela beleza estética, riqueza simbólica e identificação com as lutas do povo negro, tornou-se candomblecista.

THIAGO JOSÉ RAMOS DE ARAÚJO

A voz:
O tempo da verdade

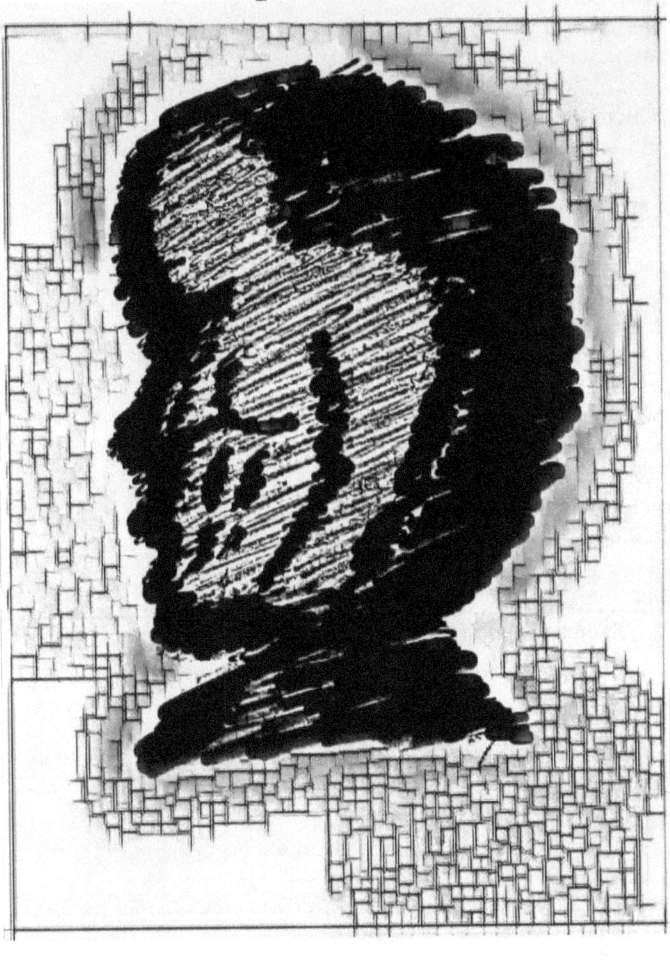

R175   Ramos de Araújo, Thiago José

     A Voz: O Tempo da Verdade / Thiago José Ramos de Araújo -. Andradina: Meraki, 2020.

     ISBN 978-65-990775-9-3

     Bibliografia

     1. Romance 2. Literatura 3. Literatura negra

     1. Título

     CDU – 82.31   CDD – B869.93

Sumário

LEANDRO GOMES DE BARROS

Se eu conversasse com Deus
Iria lhe perguntar:
Por que é que sofremos tanto
Quando viemos pra cá?
Que dívida é essa
Que a gente tem que morrer pra pagar?

Perguntaria também
Como é que ele é feito
Que não dorme, que não come
E assim vive satisfeito.
Por que foi que ele não fez
A gente do mesmo jeito?

Por que existem uns felizes
E outros sofrem tanto?
Nascemos do mesmo jeito,
Moramos no mesmo canto.
Quem foi temperar o choro
E acabou salgando o pranto?

AGRADECIMENTOS

São tantos os nomes, são tantas vidas ritmadas pelo compasso dos afetos assentados no terreno fértil e pulsante que beiraria à imensidão. Algumas dessas pessoas estão encrustadas no quebra – mar, feito ostras de amor.

Suely Sobral Santos é uma dessas tantas gentes que construíram em mim a beleza de não estar só.

Cristiano José dos Santos, Tata Nkisi Cris é a agulha sempre apontada para o norte na bussola de minha vicissitude religiosa e por me acolher no Abassa Axé Ilê Pilão de Oxaguian.

Luciana Sabino, minha analista, que cede seu tempo para escutar meu Aqueronta.

A Dr. Sergio Santana (in memoriam), o apertador de mentes mais elegante que conheci e, que, plantou em mim a semente do desejo de querer saber.

Pedro Henrique Nunes da Silva, amigo e confidente.

Ilzver Matos, que com seu olhar particular como militante dos Direitos Humano, advogado e negro me ajudou escrevendo o prefácio e, de seu lugar, mostrou detalhes impossíveis de serem vistos por mim.

À minha mãe, Wilma Ramos. Professora e escritora primorosa na arte de transmitir e comunicar a língua portuguesa.

À minha esposa e companheira Milena Oliveira por ter trazido alegria a minha vida.

Nelson Dario, Anadir José, Cleidson Carlos Santos Vieira, Geilson Gomes, Rael Galdine, Guilherme Dario, Luan Victor, Nani Lessa que gentilmente concedeu entrevista para o livro, Pedro Henrique dos Santos Nunes.

Ao Instituto Freudiano de Psicanálise de Orientação Lacaniana.

Em especial à história de lutas e resistências do povo negro no combate ao racismo, essa doença social que mata.

PREFÁCIO

Todos os anos no nosso país, em novembro, o mês da Consciência Negra, que tem como marco o dia 20 de novembro, dia dedicado à memória do líder negro Zumbi dos Palmares, é dedicado às reflexões sobre as consequências do racismo na nossa sociedade. No ano de 2019, a Convenção Internacional sobre a Eliminação de todas as Formas de Discriminação Racial, de 1969, fez 50 anos. Faz alguns anos que a Assembleia Geral da ONU proclamou o período entre 2015 e 2024 como a *Década Internacional* de Afrodescendentes (Resolução 68/237) – dez anos dedicados aos povos de ascendência africana. Ao declarar esta Década, a comunidade internacional reconheceu que os povos afrodescendentes representam um grupo distinto cujos direitos humanos precisam ser promovidos e protegidos em três campos: reconhecimento, justiça e desenvolvimento. Cerca de 200 milhões de pessoas autoidentificadas como afrodescendentes vivem nas Américas. Muitos outros milhões vivem em outras partes do mundo, fora do continente africano.

Ainda no nosso país e fora dele também, são marcantes as mobilizações pela memória e verdade sobre a ditadura militar, importantíssimas, pela reparação dos horrores do nazismo, fundamentais, mas, entre todas essas, sempre reivindicamos o reconhecimento da escravidão negra antiga, essa voz ocultada.

Por ser mais distante no tempo, são mais de 500 anos passados, o que dificulta a coleta de provas sobre os danos causados; por ser direcionada a seres que eram tratados como coisa por serem negros, o que justifica o déficit de empatia sobre a temática racial ainda hoje, e; por atingir milhões de pessoas, o que torna polêmico e indesejável qualquer debate sobre reparação e, muito menos, sobre indenização, a escravidão negra se perde na linha do tempo e na névoa do racismo, como uma voz sem eco.

Retomando os números, doze milhões de seres humanos foram trazidos de África para as Américas para serem escravizados. Cinco milhões chegaram ao litoral brasileiro, segundo pesquisa da Universidade de Harvard. Seiscentos mil morreram no caminho, por toda ordem de maus-tratos.

Na época da abolição brasileira, em 1888, última das Américas, defendeu-se o pagamento de reparações aos escravos libertados, inclusive foram apresentados modelos de cálculo para essas indenizações. Em 2013, o Senado Federal analisou e derrubou uma proposta de pagamentos individuais, que estabelecia um mínimo de R$ 200 mil para cada descendente de escravos. Os pontos que conectam a escravidão negra brasileira com um crime de Estado nortearam as atividades da Comissão Especial da Verdade Sobre a Escravidão Negra da Ordem dos Advogados do Brasil, criada em 2015 nos moldes da Comissão Nacional da Verdade. Mas, enquanto a Comissão de Anistia brasileira apreciou sessenta e sete mil pedidos de indenização desde sua fundação em 2001, deferiu trinta e nove mil pedidos, tem onze mil pendentes de avaliação, pagou dez bilhões e quatorze bilhões aguardam pagamento, no caso da escravidão negra brasileira - além das dificuldades técnicas envolvidas no rastreamento de violações dos direitos humanos ao longo de séculos, o problema da distância temporal, que junto leva as provas, e também da falta de empatia com as dores históricas do povo negro - os custos de reparações individuais podem se tornar gigantescos. Mario Lisboa Theodoro, do IPEA, diz que se aquela proposta rejeitada pelo Senado tivesse ido adiante, por exemplo, os pagamentos rapidamente atingiriam a cifra de dezesseis quadrilhões de reais. O PIB do Brasil em 2019 foi cerca de sete trilhões de reais. Só para fazer um comparativo, a Alemanha pagou para descendentes dos seis milhões de judeus mortos no Holocausto, o equivalente a oitenta e nove bilhões de dólares a título de indenizações pelos bens confiscados de judeus pelo regime nazista.

Bem mais perto de nós, a Comissão da Comunidade do Caribe – CARICOM - tem preparado ações contra cerca de sessenta países europeus em busca de reparações pela escravidão em tempos coloniais. O Caribe e seus advogados ainda não fixaram o montante da indenização à qual aspiram. O antecedente mais próximo de uma reivindicação dessa natureza remonta a 1999, quando a African World Reparations and Repatriation Truth Commission exigiu que o Ocidente pagasse 777 bilhões de dólares aos países africanos que viveram o sistema escravocrata durante o período colonial. Já a firma Leigh Day & Co. conseguiu bons resultados em outras demandas de reparações: em junho de 2013, o escritório de advocacia conseguiu que o Reino Unido pagasse uma indenização de 30,5 milhões de dólares às vítimas e sobreviventes da guerrilha queniana Mau Mau, depois de admitir que torturou mais de 5.000 rebeldes entre os anos de 1952 e 1960.

Por tudo isso, cremos que essa proposta de diálogo com a sociedade racista brasileira sobre os benefícios acumulados por ela historicamente, estampada nas (entre)linhas de A VOZ: O TEMPO DA VERDADE é extremamente necessária para conscientizar e constranger. Para nós, a obra apresenta claramente reflexões sobre cinco destes benefícios, no seu contexto:

O primeiro seria o benefício da ignorância. Ele envolve o não saber, o não querer saber e o não se importar em não saber. Mesmo com as imensas possibilidades de romper com a ignorância, os beneficiários dela preferem ignorá-las, muitas vezes, preferindo exercê-la a plenos pulmões e por vezes coletivamente, as formas mais perigosas de expressão da ignorância. Por que ser intolerante contra religiões de matriz africana? Por que ser contra cotas raciais em universidades e concursos? Por que concordar com um perfil ao cidadão matável? Por que usar termos politicamente incorretos (a coisa está preta, denegrir, preto de alma branca, negra linda...) ou conceitos impossíveis (racismo reverso, autodiscriminar...). Por que tão poucos professores negros nas universidades? Por que eles não estão em cargos de chefia? A sociedade racista brasileira precisa reconhecer que é ignorante.

O segundo é o benefício do cinismo. Cinismo é desfaçatez, descaramento, falsidade. É o oposto de ter pudor, de ter candura, decência, caráter. O cinismo não só é uma imoralidade, mas também uma gigantesca máquina portadora de injustiças e de perigos. Por que voltar a metralhadora do ódio para os cultos de matriz africana e não para os grandes frigoríficos das propagandas da Fátima Bernardes, do Tony Ramos e do Marco Luque, louvada pelas autoridades econômicas com grandiosa geração de moedas fortes para o bem do Brasil? Por que o uso de animais em outras religiões está fora desse debate? Por que debater liturgias se a constituição garante tal liberdade? Por que reivindicações por direitos são "mimimi"? Por que reivindicar reconhecimento em todos os espaços (no sentido hegeliano de consideração) virou querer confusão? Isso é cinismo. A sociedade racista brasileira precisa reconhecer que é cínica.

O terceiro é o benefício da apatia. Apatia é o estado de alma não suscetível de comoção ou interesse, é insensibilidade, é indiferença. Como cobrar empatia? Como provar a apatia? A filosofia experimental nos aponta que os mecanismos que operam nas decisões tomadas nesse campo são baseados em julgamentos morais. Por quem você é mais empático: uma pessoa com câncer ou uma pessoa com HIV/AIDS? Um adolescente em conflito com a lei ou um acusado branco ou um adolescente em conflito com a lei ou um acusado negro? É possível que a pessoa com câncer receba mais sensiblizados, afinal o julgamento moral, feito em nível mental, pressupõe que a pessoa que vive com HIV/AIDS é promíscua. Do mesmo modo é possível que o acusado branco, simplesmente por só ser branco, agregue maior plateia de empáticos. Um cheiro, uma cor, além de indentificações múltiplas (classe, raça, cor/etnia, procedência nacional...) disparam no cérebro reações que definem decisões. A mesma sensibilidade e empatia destinada a um animal é a mesma ofertada a uma Yalorixá negra de terreiro, por exemplo? Talvez, no nosso cotidiano, a Yalorixá seja vista como algoz do animal, mesmo sendo ela, na legislação brasileira, uma ministra de confissão religiosa, reconhecida como crucial para o aconselhamento espiritual dos cidadãos brasileiros, e os terreiros, espaços de proteção social das comunidades ao seu redor, muitas das vezes distantes dos aparelhos sociais públicos, como por exemplo dos serviços de saúde, buscados então no terreiro, para o corpo e para a alma. Florestan Fernandes dizia que o Brasil não seria uma democracia enquanto não resolvesse o problema do racismo contra a população negra. Você se importa com isso? Ser empático não é ser sentimental. "O sentimentalismo", diz o psiquiatra britânico Theodore Dalrymple, em "Podres de Mimados: as consequências do sentimentalismo tóxico", "é a expressão da emoção sem julgamento. Talvez ele seja pior do que isso: é a expressão da emoção sem um reconhecimento de que o julgamento deveria fazer parte de como devemos reagir ao que vemos e ouvimos [...] O sentimentalismo é, portanto, infantil (porque são as crianças que vivem em um mundo tão facilmente dicotomizável) e redutor da nossa humanidade". A sociedade racista brasileira precisa entender que é apática.

O quarto é o benefício da escravidão. Sabemos, com Boaventura de Sousa Santos, que o auge dos sistemas de promoção da desigualdade é a escravidão. Ouvimos cotidianamente relatos de famílias da elite sobre suas empregadas domésticas; inclusive sobre aquelas que cuidaram deles por várias gerações, inclusive de filhos e netos na atualidade, ou que deixaram seus próprios filhos e netos como herdeiros dessa servidão; ou sobre aquelas que serviram às pulsões sexuais das pessoas da casa. O desvelar da história dessas famílias mostra que elas fincam raízes na escravidão negra colonial e que de lá não conseguem – ou não querem – se desenraizar. E é esse apego aos resquícios da escravidão e dos seus benefícios que justificam a postura dessa elite diante, por exemplo, das manifestações religiosas afrobrasileiras, criminalizando-as e expurgando-as para o campo do folclore e do entretenimento, negando-lhe a possibilidade de reconhecimento enquanto religião, ou, no máximo, de religião de segunda ordem. Sem falar de outras pautas raciais importantes que são alvo de esperneio da elite ainda hoje tais como: cotas raciais nas universidades, cotas raciais no serviço público, políticas de distribuição de renda, espaço na televisão, dentre outras. A sociedade racista brasileira precisa reconhecer que é escravista.

O quinto é o benefício do extermínio. Também com Boaventura, compreendemos que o ápice dos sistemas de exclusão é o extermínio. A cultura, o conhecimento, a língua, a religião da sociedade racista brasileira se beneficiou – e se beneficia - do extermínio de outras culturas, conhecimentos, línguas e religiões, entre outros aspectos da vida social. Várias estratégias foram utilizadas para esse processo perverso de extermínio, mas, as mais recorrentes foram as relações de parceria entre o direito e a religião predominante. A conivência do Direito penal, a apatia do Direito Constitucional, a perversidade do Direito Civil e agora, o cinismo do Direito Ambiental, verdadeiro lobo em pele de cordeiro, que se avoca pós-moderno, diante do tipo de bem que estampa sua luta, o meio ambiente, mas na verdade é para nós a nova arma de perseguição às religiões de matriz africana, utilizada pelo estado racista em conluio com denominações religiosas com objetivos políticos que, em vez de estarem ao lado dos mais necessitados, têm projetos de poder e domínio do estado. A elite racista brasileira precisa reconhecer que é exterminadora.

Mas, leitores, compreendam: "Não existe hierarquia de opressão". Não é nosso objetivo nesse Prefácio reivindicar qualquer título de maior sofredor ou mais excluído, e a frase que introduz esse parágrafo, de Audre Lorde, nos socorre desse mal-entendido que porventura esteja assustando o nosso querido leitor e a nossa querida leitora. Antes, o que queremos é mostrar como não é possível negar que esta obra, escrita por quem partilha conosco as preocupações com a promoção da igualdade racial no Brasil, traz-nos novo ânimo, em tempos inglórios, para soltar nossa voz sem medo contra formas antigas e renovadas de opressões baseadas em critérios raciais, pois, cremos, como nos dizeres daquela autora: "seu silêncio não vai te proteger".

> **13 de Maio**. Hoje amanheceu chovendo. É um dia simpático para mim. É o dia da Abolição. Dia que comemoramos a libertação dos escravos...Nas prisões os negros eram os bodes expiatórios. Mas os brancos agora são mais cultos. E não nos trata com desprezo. Que Deus ilumine os brancos para que os pretos sejam feliz. (QUARTO DE DESPEJO, *best seller* de Carolina Maria de Jesus)

Boa leitura! Ouça a voz!

Ilzver de Matos Oliveira

Doutor em Direito - PUC/RIO. Professor do Programa de Pós-graduação em Direitos Humanos da Universidade Tiradentes - PPGD/UNIT

APRESENTAÇÃO

Ficção ou realidade? Um romance é mais do que isso, é uma tentativa pela arte de roçar a verdade das coisas do mundo. Escrever é sair de si para multiplicar-se nas realidades observadas e construídas em cada narrativa. Um mergulho profundo no universo da reflexão sobre histórias reais ou imaginadas com o intuito de descrever fragmentos de vidas postas fora das molduras e impostas por um sistema de pensamentos normalizadores.

Esse romance reconstrói a trajetória de vida de um personagem repleto de imersões numa franca tentativa de descontruir os ideais discriminatórios que lhe foram imputados ao longo dos anos. Em busca de uma melhor compreensão existencial na vida, Heitor, percorrerá caminhos espinhosos para se livrar das correntes ideológicas de seu tempo ao travar diálogos ricos em ensinamentos por homens e mulheres negros que fazem parte de sua cotidianidade.

Diversas referências literárias lhe ajudam a construir pontes a um mundo novo apesar de tão antigo e constrangedor. O racismo estrutural. Ávido por respostas significativas entra em conflito com suas crenças e conhece seu inferno particular para, a partir daí, fazer erigir uma consciência crítica e libertadora.

A Voz, o tempo da verdade, é uma ode ao lugar de fala que exige de Heitor o reconhecimento do mal que tanto causou sem se dar conta dos efeitos nocivos e reprodutores do discurso hegemônico de exclusão. Entre o doce alívio da ignorância e a tensão reveladora da verdade escolhe o caminho que o levara ao desconfortável encontro consigo mesmo e, perceberá que a Voz que se apresenta reclama pelo direito de ser ouvida sem ser interrompida. A partir desse instante, o leitor encontrará o lugar a ser escutado.

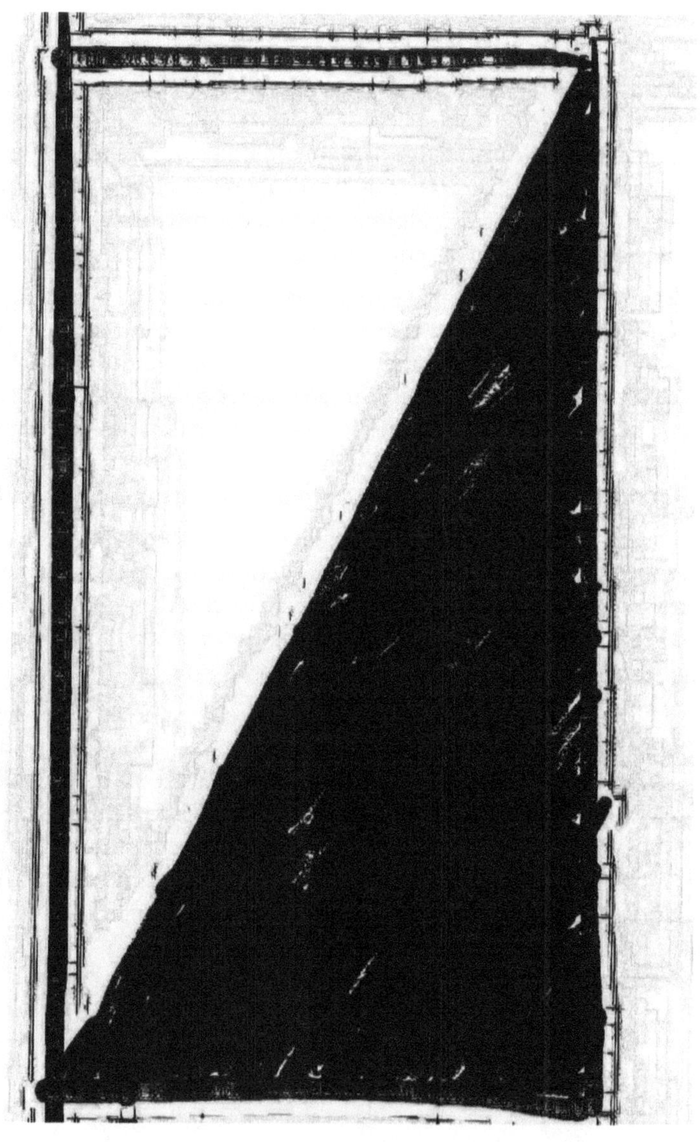

Capítulo I

A Fumaça Da Existência É Amarga

Já era noite, quando fomos ao lugar reservado aos diálogos e nos deparamos com uma profunda indefinição sobre o que falaríamos. As tensões do dia transformaram aquele momento e o frio envolvia o clima de nossas esperanças por dias menos angustiantes. Surgiram dúvidas, questões e reflexões silenciosas. Havia à nossa frente objetos de formas parecidas e, com características marcadamente singulares, estruturas em ferro, outras somente em barro, algumas arredondadas e outras pontiagudas.

A fumaça de nossos cigarros quebrava o silêncio estranho àquele momento, de repente algumas ideias começaram a vir à tona, e os pensamentos foram saindo e rompendo aquela sepulcral ausência do que dizer. Começamos a rabiscar um assunto espinhoso, as relações sociais e o que as sustentavam naquele espaço onde nos encontrávamos, pelo menos uma vez por mês, para viver nossa religião e religiosidade. Falamos sobre racismo e o quanto isso torna nossa sociedade nociva às tentativas de nos tornarmos menos tóxicos e discriminativos, aliás, é preciso conhecer mais sobre nossa história e olhar com mais cuidado nossas origens antes de falarmos bobagens preconcebidas.

O que provocava percebermos a diferença como ameaça à nossa integridade, como se fossemos monolítos e não sofrêssemos influências diversas em nossa trajetória na vida? O que nos levou a produzir discursos tão odientos e capazes de fazer alguém sofrer pela cor e etnias que, trazem marcados no corpo lembranças ainda recentes de tenebrosos tempos?

Heitor falou sobre já ter presenciado cenas de racismo e, como isso o deixou abalado, o fato de não ser negro não o impedia de se identificar e solidarizar com as dores seculares dos que, do ébano, têm seus corpos refletidos. A busca quase obsessiva mirava produzir o entendimento em compreender como esse discurso é reproduzido pelas pessoas e que têm um objetivo único, machucar, ferir, desqualificar e desmobilizar. Algumas referências foram utilizadas por ele com o intuito de voltar no tempo e explicar um pouco a origem dessa discriminação.

Ele fez uma retroação ao século XVI e encontrou nesse período argumentos importantes e que o ajudaram a esclarecer algumas questões que levantávamos naquele momento, a exemplo de como a sociedade produziu seres inferiores para justiçar uma soberania branca quando na terra deveríamos ser todos iguais nas diferenças. Certa branquitude ou pacto narcísico branco tendo em vista a manutenção de privilégios raciais, como disse Maria Aparecida da Silva Bento e, se não me engano — disse ele,- em 2002.

Outro participante daquele diálogo tomou a palavra e nos disse que a grande religião poderia ser uma das explicações que justificariam tais indiferenças e que, portanto, recairia sobre ela as maldades cometidas a torto e a direito àqueles que traziam em sua pele a marca que os distinguiam dos homens de má fé. Ora, o século XVI foi marcado, aqui no Brasil, por fortes opressões em nome de um progresso estranho àqueles que estavam assentados nos princípios da natureza e não nos arranjos econômicos, culturais e sociais dos que tinham invadido a terra e dela tiravam tudo que os servissem como se fossem úteis a seus enriquecimentos.

Pedro, esse jovem rapaz, detém traços de personalidade peculiares e que provocam nas pessoas que convivem com ele um ar de generosidade, principalmente quando percebe que cometeu algum deslize ou eventualmente, erros. Sua estatura reflete o tamanho da capacidade em ser solidário com os amigos, no entanto, construir um laço fraterno e, que se mostre promissor, é preciso, antes, compreender seu aspecto sisudo e que, em alguns momentos aparenta arrogância. A convivência com ele requer do outro, paciência e perspicácia. Com sua ironia embrionária, sorriu e disse.

— Espere um pouco, quem ao descobrir uma terra grande como a nossa não pensaria o mesmo, ou seja, ficar rico e colonizar tudo que aqui tivesse! Aliás, desde que me entendo por gente o homem não poupa nada e quer extrair de tudo - lucro e recompensas. Fale um pouco mais, Heitor, dessa sua ideia de que o homem é ruim por ter agido em nome de suas vaidades e pretensões grandiosas, ficaria agradecido se me fornecesse uma boa resposta...

Quando Heitor ajeitou o corpo para responder, Guilherme

apareceu e o interpelou.

— Calma, eu mesmo darei essa resposta — com o cenho serrado e o suor pingando entre a sobrancelha e a pálpebra, continuou — para começo de conversa, você é negro? Claro que não, então, como você poderia responder de um lugar onde nunca esteve? Benjamim pediu a palavra.

— Melhor acalmarmos os ânimos, pois, estamos aqui para aprofundar os diálogos e não brigar. Toda discussão deve ter, por propósito, resoluções ou, ao menos opiniões, que divirjam, mas que não caiam na armadilha da ignorância e desabe em discussão etérea.

— Desculpe-me, disse Pedro. Essa não era minha intenção e a partir desse momento, irei ter mais cuidado com as palavras, entendo o fato de não ser negro e que, portanto, não caberia a eu fazer prosopopeia com assunto tão delicado — E, de repente, como quem tira uma carta coringa de um jogo delicado fez referência a um dos filósofos do espírito mais agudos que a humanidade produziu — O grande Nietzsche — minha filosofia me aconselha a calar e não fazer mais perguntas; sobretudo porque em certos casos, como diz nos provérbios orientais, só se permanece sábio, mantendo-se em silêncio — Saiu pensativo e com a garganta seca tal qual fora interpelado e foi beber um copo com água.

Em seguida, Vinícius, um garoto inteligente pra sua pouca idade e, que adotara, nos gestos sutis com as mãos, uma maneira singular de manifestar opiniões que reclamava de seu interlocutor, atenção e silêncio. Tomou a palavra para informar.

— Que história se faz com conhecimento e não com achismos e que, portanto, deveríamos ir às evidências documentais para podermos ser mais específicos e não ficarmos dando voltas igual a mariposa em volta da lâmpada.

Certa feita, fato bem humorado, fez uma das suas. Convidou Benjamim para uma jogatina e propôs uma aposta: quem perdesse pegaria café ao vencedor. Benjamim, empolgado com o desafio, fazia os melhores cálculos para não perder, e Vinícius sabia que se não o mantivesse acordado perderia uma excelente companhia madrugada adentro, eis que Vinícius disse dissimulando.

— Ah! Perdi mais uma vez — ia à cozinha voltava com um copo cheio, até a tampa, com o precioso liquido mantenedor de laços.

Bem, — disse Benjamim, num tom de revolta e confidência - Voltando ao assunto inicial. A questão do negro sempre foi um desafio a todos aqueles que se propuseram revisitar a história e provar, com base nos elementos históricos, a animosidade a essas pessoas que, escravizadas, tanto nos ensinou e deteve saberes profundos sobre o que seus senhores só tinham uma vaga ideia. O exemplo do açúcar, os escravos conheciam do plantio e semeadura, enquanto que seus senhores faziam cálculos e lucros. Que negro era esse que, diante de tamanha desumanização, conseguia aprender um ofício sem o apoio de livros, professores e agricultores? A dor sentida na pele e na alma abria-lhes não somente a carne, mas também a cognição.

Coisa que os senhores perceberam rapidamente e passaram a explorá-los. A punição sem ter havido algo para esse efeito, antecipava a ideia da dor e eles, os negros, tinham que gravar muito rápido como a natureza funcionava. O silêncio voltou a se fazer presente, e os gritos antigos registravam, na atualidade, a necessária mudez em tempos de sombria maldade.

— Como pode um humano ser tão letal a outro ser humano? Perguntaram-se.

Para tanto, citou um fato ocorrido em vinte de Janeiro de dois mil e dezenove que ocorreu em Salvador, na Bahia de todos os santos e, leu exatamente como fora publicado em noticiário televisivo e que fora viralizado nas redes sociais, cujas notícias são objeto de profunda investigação jornalística e, não, essa cascata de tabloides que se propagou igual moscas envolta de feridas nesse tempo em que a mentira e o falso sapateiam sobre a verdade.

— Continuou sua fala com a voz nitidamente irritada com a lembrança - O Fato ocorreu numa agência em que um homem negro de 34 anos sofreu o peso da história sem luto e que sempre retorna. Crispim foi vítima de violência e discriminação. Imobilizado com um mata leão por policiais que foram chamados pelos gerentes.

"Pela oitava vez, cuja vez estava na companhia de minha filha menor fui surpreendido, mais uma vez, pelo senhor Mauro, gerente de minha conta. Naquele momento, me atendeu de forma indiferente enquanto me deixou esperando à sua mesa por quatro horas e sete minutos e foi atender outras pessoas em outra mesa.

Indignado com a situação, me dirigi à mesa do gerente-geral, o senhor João Paulo, que da mesma forma e ainda mais ríspida me atendeu com mais indiferença. Quando pensei que não poderia piorar, fui surpreendido pelo senhor João Paulo com a seguinte fala: se o senhor não se retirar de minha mesa vou chamar uma guarnição' e, assim o fez. Chamou a guarnição, dois policiais que me pediram, no primeiro momento, de forma educada, para que nos dirigíssemos juntamente com o gerente até a delegacia para prestar esclarecimentos, até aí tudo bem.

O problema foi que, ao descer ao térreo da agência, o gerente, senhor João Paulo falou que só iria à delegacia se os policiais me algemassem e que ele não faz acordos com esse tipo de gente'. Eu tenho um vídeo desse momento terrível e absurdo. Está disponível para vocês verem que, em pleno século XXI, fui tratado de forma ríspida e, claramente, fui vítima de preconceito racial".

- Após alguns instantes em que precisou recuperar a calma, Benjamim continuou - Esse depoimento merece uma narrativa que pode ajudar a entendermos mais claramente o que esse homem sofreu. Em seu livro intitulado, O racismo, uma introdução, de 2007, Michel Wieviorka apresentou a seguinte explicação, que chama essa modalidade de violência racista de diferencialista, pois visa estabelecer uma relação pautada na exclusão do outro, ou seja, " a violência racista, em suas fontes mais diretamente sociais, pode remeter não mais a relações sociais de dominação e de exploração ou a uma lógica de queda social, mas a situações de ausência de relações sociais e, portanto de exclusão".

Todos ficaram absorvidos por uma náusea ao estilo Sartriana, um buraco se abriu naquelas mentes sensíveis. A narrativa de Benjamim sobre esse fato concreto, real e espúrio fez com que parassem para pensar antes de falar. Surgiu uma necessidade, um apetite quase físico de se posicionarem sobre essa realidade que ainda atinge, após trezentos e cinquenta anos de escravidão, a sociedade.

— Outra característica que, a meu ver, destila seu derradeiro interesse, e que, tem pintado de branco as cores de suas intenções, é a reforma da Previdência Social. De acordo com alguns — afirmou Benjamim — isso corresponde a uma decadência econômica do Estado, e outros falam em crise política. É preciso olharmos com lupas esses contextos, ora, a quem afetará essa medidas chamada de reforma? Com o envelhecimento de nossa população, o crescimento das exigências de saúde cada vez mais prementes, e o aumento do desemprego por um processo de desindustrialização ou industrialização, mediante abusos do Estado, a exemplo dos impostos, os principais grupos a serem frontalmente atingidos são os trabalhadores pobres e parcela da classe média trabalhadora.

Há um paradoxo brutal nesse sistema. Se tivéssemos uma conjuntura econômica de impulsionamento que gerasse empregos em larga escala que propusesse garantias em longo prazo aos cidadãos, eles, os políticos atuais, teriam uma forte propaganda positiva às suas pretensões, no entanto, não é isso que ocorre. A maior parcela de nossa população — 115 milhões — é constituída de negros e negras e, não nos enganemos, há uma disfarçatez por trás desse discurso populista de extrema direita. Renovar as práticas de exclusão diferencialistas modernas e a renovação do pacto narcísico branco de humilhação e servidão.

Todos ficaram boquiabertos com a fala de Benjamim, uma fala marcada de crítica ao modelo individualista que rege o jogo das relações sociais e que retira as potências dos sujeitos que reclamam por justiça social.

Heitor levantou uma bandeira ao dizer que, - se sentia perdido nesse jogo perverso de um Estado que lança pães às pessoas à moda romana nos festejos sangrentos no coliseu. Afirmando-se como um sujeito de direito, e, portanto, político e, como homem, vir se desnudar sobre seus olhos, verdades duras de assimilar, porém, necessárias àqueles que não querem abaixar a cabeça mais uma vez aos novos senhores de engenhos contemporâneos.

Recordo-me de uma frase cheia de significados em cada uma de suas palavras que diz o seguinte, - disse Pedro.

— "O que disser ao ser, está estritamente amarrado a essa seção do predicado. Daí, nada pode ser dito senão por contornos em impasse, demonstrações de impossibilidade lógica, onde nenhum predicado basta." - Afirmou com convicção que essa análise partiu do francês Jacques Lacan -. Vinícius considerou essa visão da realidade muito complexa e importante por demonstrar um viés estético social perfeitamente aplicável ao homem moderno e, pediu que fizessem uma reflexão sobre o assunto. Guilherme refletiu e disse que.

— O ser a que o texto se refere, fala sobre o humano e todas as suas transformações históricas ao longo do tempo, e, que, nesse processo de devires constantes, houve tropeços geradores de múltiplos desencontros com a verdade. Temos a discriminação ao negro e seus desdobramentos negativos, aos judeus, aos imigrantes, LGBT'S e todas as comunidades vistas como diferentes. Essas questões envolvendo alteridade, já vêm sendo discutidas há tempo por pensadores sociais e filósofos preocupados com as maldades produzidas por aqueles que se autointitularam superiores.

Heitor não ficou tranquilo e, - lamentou.

— Estou profundamente afetado com os rumos que essa conversa tem provocado em mim e nunca pensei ter na vida uma oportunidade de enfrentar esses monstros que assombram a sociedade. Aliás, não devemos nos silenciar mais, chega! Não aguento mais. Na década de 1930, um desses estudiosos sociais afirmou, após estudos realizados, que a sociedade brasileira não padece de racismo porque somos democráticos e nossas cores não seriam objetos de concorrência e nomeou isso de democracia racial, que absurdo!

— Outro discurso que atravessa a sociedade é o teocrático cristão — disse Benjamim. Fui a uma consulta médica com o objetivo único de conversar sobre sintomas clínicos e, a partir desse encontro, fazer exames para verificar meu estado de saúde. O médico pediu que eu fosse à balança verificar peso e altura, eis que nesse exato momento, ele disse: " abandone os vícios, essa prática é o produto da intervenção do diabo em sua vida". Tive um professor na universidade, esses típicos de esquerda — leninista, marxista e trotskista... que nos informou sobre alimentos. Relatou que toda comida que vier de Deus podemos comer, e aquelas feitas por máquinas evitasse — afirmou o médico. Ele ficou surpreso com tal declaração de um professor esquerdista e pensou estar sendo doutrinado, mas considerou interessante aquele discurso. Em seguida, falou sobre Jesus ser vegetariano porque na cerimônia da multiplicação dos pães ele não comeu o peixe e atribuiu isso ao livre arbítrio.

Guilherme não ficou surpreso com essa fala, devido a ter passado por experiências similares e quis conversar sobre o assunto.

— Veja — disse ele — temos aí algumas questões importantes a tratar, por exemplo: a discussão sobre nós não sermos um país submetido ao modelo teocrático cristão e sim, laico. Ou seja, a igreja não deveria interferir nos assuntos do Estado e o Estado não se imiscuir no discurso religioso. Outra questão importante é a utilização da prática médica como ferramenta de doutrinação religiosa, isso é tão grave e não pode passar despercebido. A posição do médico, como aquele que é o depositário de suposto conhecimento, cria no sujeito/paciente, na consulta, um ideal de vida a ser seguido devido às suas fragilidades e vulnerabilidades. Naquele momento, a fala do médico é carregada de sentido e influencia profundamente aquele sujeito a partir da conexão do discurso da ciência com o religioso. Na fala, Deus e Jesus, seriam vegetarianos e contrários aos produtos oriundos de máquinas, não como enfrentamento aos meios de produção do capital, mas por uma vida saudável a partir de hábitos que envolveriam vícios. É preciso fazer contorcionismos diários para não deixarmos que os detalhes nos escapem.

— Estou espantado com a riqueza das possibilidades de entendimento sobre a observação feita por Guilherme — disse Pedro com os olhos ressecados por não te piscado durante toda sua fala.

— Claro! — afirmou Heitor — só quem passa por constrangimentos é capaz de ativar a percepção dos dramas sofridos e desviar dos golpes lançados pela história mal contada e propositalmente distorcida.

— Questiono-me — retrucou Vinícius — sobre sermos um lugar, um espaço e um tempo — suspirou profundo e seguro de si — quando paramos um pouco e nos dedicamos a leituras com conteúdo crítico e de contestação às causas constituídas sobre nossa sociedade, abre-se um mar de outros possíveis devires como chamam. Uma pessoa, ou sujeito, é terra fértil para diversas plantações ideológicas, é importante estarmos atentos mesmo. Muitas coisas podem ser tiradas, como coelhos da cartola da fala desse médico. Creio que poderíamos parar um pouco para tomar café e refrigerar nossas mentes antes de voltarmos a esse tema. No entanto, não podemos perder de vista o propósito dessa conversa incômoda, estávamos falando sobre o racismo e as tentativas históricas de silenciamento por aqueles que acreditam ser detentores do poder. - Continuou Vinícius após tomarem um bom café

— Da colonização ao imperialismo, à brasileira, foram sendo

perdidas as capacidades sociais de manifestação contra esse sistema opressor, mas a passagem do modernismo ao contemporâneo surgiu diversos embates promovidos por grupos de negros que escolheram não ser calados em seus gritos de insurgências. É claro que precisaremos falar sobre isso com mais detalhes do que estamos fazendo agora, a história requer, necessita, dos pormenores, porque são neles que a verdade desmascara a mentira e revela os verdadeiros algozes de ontem e hoje.

Para mostrar a vocês que não estou fazendo crítica cega, anotei em meu caderno uma das participações de Abdias Nascimento, no colóquio do Festival Mundial de Artes e culturas negras e africanas, realizado em Lagos, Nigéria em 1977. Ele propôs o seguinte:

— "O colóquio recomenda que o governo brasileiro, no espírito de preservar e a ampliar a consciência histórica dos descendentes africanos da população do Brasil, tome as seguintes medidas — passou a mão no queixo, olhou o caderno com a calma que lhe é singular e olhou para cada um que estava sentado à sua volta e prosseguiu.

Permita e promova pesquisa e aberta discussão das relações raciais entre negros e brancos em todos os níveis econômico, social, religioso, político, cultural e artístico;

Promova o ensino compulsório da história e da cultura da África e dos africanos na diáspora em todos os níveis culturais da educação: elementar, secundária e superior;

Inclua informações válidas com referências aos brasileiros de origem africana em todos os censos demográficos, assim como em outros indicadores tais como: natalidade e morte, casamento, crime, educação, participação na renda, emprego, mobilidade social, desemprego, saúde, emigração, imigração" — terminada a leitura, precisou dar uma pausa antes de continuar.

Fiz questão de reproduzir palavra por palavra por entender a necessidade de se evidenciar as tentativas de desmascarar a mentira contada no mito da democracia racial como véu que, durante anos e até hoje, promove uma verdadeira canalhice nas pessoas em dizer que o problema do negro é a pobreza.

— Sim, muito importante você falar sobre isso — disse Benjamim, - aliás, li sobre algo que pode fermentar essa discussão num artigo escrito em 2017, e que sustenta a tese freudiana de 1931, que trata sobre O racismo e o negro no Brasil, diz que "cada cultura cria seus limites, mas na impossibilidade de eliminar as moções agressivas, as direciona para fora do grupo. A imagem do estrangeiro ou do que nos é estranho, como inimigo seria um artifício, modo de defesa das coletividades, criado para reforçar a reunião entre os pares", Freud nomeou esse fenômeno de narcisismo das pequenas diferenças. A explicação que ele concebeu para chegar a esse conceito se deu a partir de suas reflexões e estudos a cerca da impossibilidade de determinado grupo abandonar a satisfação agressiva. Ora, uma vez que não se deve odiar os membros de um mesmo grupo, seja ele religioso ou até mesmo entre brancos e negros, esse sentimentos de ódio precisam ser escoados para o grupo que, por não falar a mesma linguagem social, ideológica, de crença ou posição política, econômica e cultural, receba os afetos agressivos que são rejeitados pelo grupo de pertencimento. Dessa forma — disse isso com um profundo aperto no peito por perceber o caráter quase impossível de uma resolução pacífica — os privilegiados sempre odiarão todos aqueles que não forem seus iguais! Continuou.

Salutar essa narrativa em nos colocar num lugar, como disse Vinícius, em sua questão de terreno propício a discursos de exclusão. Ora, Freud está certo até porque somos produtos de um discurso que nos antecede, mas que não nos impede de reavaliar aquilo que nos foi imposto. Eliminar o outro, parece uma tentativa cada vez mais brutal e absoluta nas relações sociais, infelizmente.

Continuarei — disse Benjamim — com o que disse Maria Beatriz Costa Carvalho Vannuchi em seu artigo de 2017 e fala sobre o racismo e o negro no Brasil: "A lei deixa sempre como resíduo a marca do exercício de dominação, que persiste como elemento irredutível nas relações humanas. Sempre uns têm mais proteção e pertença em detrimento de outros o que gera, como consequência, a designação daqueles que valem e dos que não têm valor para o grupo, tornando esses últimos seus bodes expiatórios".

A importância desse assunto se faz tão necessária, pela referência histórica de restituição de humanidades negadas e, portanto, excluídas dos processos de subjetivação de suas existências. A cultura do sofrimento como forma de manejo social, só conquistou sua rubrica a partir de um discurso patriarcal e universalista em que os negros, mulheres, mulheres negras, LGBT's e outras alteridades sociais se tornaram objeto de poder daqueles que, de forma e conteúdos verticais, expuseram seus velhos poderes.

Pensar o outro está além do semelhante, é pensar-se, pensado numa espiral de significações que não se dá sem a produção de imersões que situe o sujeito em retroação histórica. Essa questão colocada por Benjamim alerta para fatos experimentados por sujeitos e que são vistos como contatos sem implicação e envolvimento naquilo que o constitui. – prosseguiu.

Quando a demanda por diálogos acerca de narrativas que demonstram a exclusão como princípio inerente à constituição do laço com o outro, torna-se uma negação, a coisa não vai bem. Se, no curso da apropriação simbólica, e portanto, da formação das relações inter-humanas não houver uma inclusão e exclusão recíproca, o laço não fará a disjunção necessária para que o sujeito se entenda diferente daquele que o trouxe ao mundo. Porém isso não quer dizer que o ódio reine absoluto e eternamente. – sentiu um desânimo, porém, revelou ter esperança em mudanças.

Heitor estava pensativo sobre essa narrativa, com a cabeça levemente inclinada para o lado, como se estivesse evitando ser olhado, começou a mexer nuns pedacinhos de madeira que estavam sob seus pés. O olhar atento de Benjamim o fez perceber que algo estava incomodando tenazmente Heitor. Foi então que Benjamim lhe perguntou.

— O que está acontecendo com você, Heitor?

— Estou confuso, - respondeu Heitor com ar de esperança — nada me faz crer que o homem, não possa ser revisto a ponto de fazê-lo se questionar sobre tudo isso. Veja, ontem estava a divagar sobre a discriminação e a análise que foi sustentada a pouco, justamente sobre isso. O tu seria uma exteriorização por exclusão do eu, caso isso não acontecesse, o eu sozinho se tornaria uma interiorização sem fim de tudo aquilo que vem de fora, causando um verdadeiro embrutecimento naquilo que nos torna sujeitos.

Mas quando verificamos que a entrada no outro, enquanto alteridade simbólica, o que desse outro é apropriado pelo eu, e que por esse mesmo eu, é negado na consciência e reproduzido sobre o pretexto de ser estrangeiro? Nada me convencerá de que esse estrangeiro que habita em nós não seja aquilo que excluímos por não saber lidar, sendo assim, ao excluir o negro do processo de sua história, costumes, crenças, valores e atitudes é uma declaração quase óbvia de que o racismo é um sintoma social, e, portanto, é preciso falar sobre isso.

Ao falar sobre isso, o sujeito e a coletividade, na qual se está inscrito, provoca uma ruptura com as coisas postas, é como se nada fosse possível no para além do campo instituído, é claro que ao falar e fazer algo agudo questione o discurso hegemônico de poder muitos saírem feridos. É importante entendermos que todo processo de descolonização é um êxito.

Heitor, acossado por ideias que caíam sobre sua cabeça sem freios ou inibições começou a se sentir menos vulnerável e enfraquecido diante das falas que sempre ouviu e que lhe imputavam amputações sobre sua existência. Repelindo qualquer tentativa de destituições de lugares de fala, seguiu adiante em interpelações sobre o porquê de sofrer tanto com os absurdos, muitas vezes em sutis expressões, ditas de forma lúdica, carinhosa e disfarçadas em signos de poder que iam deixando sua autoestima pra baixo e sem recursos de defesa.

Disse ele — basta! - é preciso despertar e agir. Seu coração batia de modo a se escutar, parecia ir se acalmando quando mais uma vez se viu tomado de uma tristeza mordaz ao lembrar de mais um triste episódio em suas experiências de vida. Lembrou, chorou e se recolheu em si como os pássaros que param de voar, ao cair da tarde, com receio de ser abocanhados por aqueles que os espreitam, e decidiu que precisava falar.

Já era muito tarde, quando esses pensamentos apareceram e todos que estavam reunidos naquele lugar já estavam cansados e precisavam dormir e pediram para que, no dia seguinte, se reunissem novamente para dar continuidade a tal penoso assunto, mas Heitor não podia silenciar diante do cansaço de seus amigos, ele queria falar e se ninguém estava disposto a ouvi-lo, seria de si para si. Seu peito ardendo com a lembrança, apertava a respiração que o sufocava. Eu preciso falar — Disse ele — mas também é preciso que alguém me ouça. Que angústia abate meu coração, meu Deus, infelizmente terei que me ouvir ao falar, sozinho, sem sono e incrédulo. São tantas as perguntas que faço e me perco em respostas que o tempo todo se desfaz como grãos de areia entre os dedos, a exemplo do gênero humano, porque se desfazem em ódios desvairados a ponto de atacarem a sua própria espécie, será que isso se deve ao fato descrito em diálogos anteriores sobre a impossibilidade de buscar satisfação mesmo naquilo que é diferente? Eu preciso realmente de outro para ouvir, os meus ouvidos são tendenciosos e devem me causar mais danos do que progresso.

Até quando terei que esperar um quarto ouvido em que deposite meus tormentos e incertezas, aliás, de quantas certezas é preciso um homem para se encontrar ou desencontrar? Quantas dúvidas pairam sobre mim neste momento, será que alguma coisa acalmará meu espírito dessas torpes ideias e me conduzirá a um lugar tranquilo? A tranquilidade é mesmo um mistério para aquele tipo de pessoa que não se conforma com pouco, a esse pouco, não me refiro a objetos materiais, essas coisas feitas para nos fascinar e enganar são produtos de nossa consciência que tende sempre a nos conduzir pelos caminhos do imediato e pobres expressões de nosso destino — Consumir — Balbuciou. Não sabemos nós que nos consumimos ao consumir, vendemos caro nossa paz por tão pouco e temos a impertinência de reclamar nosso incerto futuro por escolhas que fazemos agora sem medir, com abstrata régua, o que nos motivou para esse fim.

Ah! O ser humano - pensou suspirando e com tristeza — tão alienado em seus próprios quereres e que tal qual crianças não cansam de pedir aquilo que saciará seus apetites enquanto durarem os doces venenos de onipotência constante. Alí, parado a pensar no lugar em que está e vendo quão miserável é a humanidade. Mais adiante, no extra muro desse lugar, é possível visualizar uma pequena ponte, e poucos metros antes dela uma frondosa árvore que, apesar de não dar frutos, é possível deitar-se sob sua refrescante sombra ao fim da tarde e desfrutar do rio que corre sempre na mesma direção abaixo de seus pés. Antes ainda dessa ponte, passa uma rua estreita de chão de barro que conduz o caminhante a lugares incríveis aos olhos sensíveis, às suas margens gracejam árvores de muitas espécies, e essas sim, dão além de sombra, frutos dos mais variados tipos e que, nas caminhadas, param para pegá-los ou simplesmente descansar.

É nesse lugar idílico que a natureza pareceu ser a interlocutora momentânea das coisas que se passavam na mente de Heitor. Controlar a natureza, eis a grande tentativa do homem, mas de que adianta tamanho controle se o homem não consegue dominar seus próprios ímpetos de destruição contra si mesmo? De que adianta esse progresso se o homem é incapaz de civilizar-se e autodestruirse em nome de propósitos individualistas e mesquinhos. É capaz de amar e matar seu próprio amor extirpando a vida de quem seu afeto era depositário, é capaz de odiar um negro ou uma negra por atribuir a essas pessoas uma expressividade abjeta, encerrando em sua cor violentas histórias, como por exemplo serem portadoras de pecado por deduzir-se que são altamente sensuais, tudo bem, que mal há nisso? — indagou-se — Acredito que o homem branco que se sente ameaçado por esse artifício não seja pequeno somente na ideia... — rindo entre dentes e de si mesmo.

Preciso voltar e descansar porque, caso não o faça, minhas ideias se misturarão à insônia e perderei a capacidade de refletir criticamente sobre o que me aflige e mais tarde quando o sol nascer, terei conseguido alguém com quem conversar e trocar experiências e ideias, de modo que avance nas discussões e elas gerem energia suficiente para conseguir seguir adiante — com o pensamento arrefecido pela brisa que encontrou seu corpo por alguns instantes.

Os primeiros raios de sol ainda estavam despertando, e os olhos de Heitor abriam no mesmo movimento da claridade daquela manhã de sábado, a vertigem da noite anterior ainda o afligia. Seu interlocutor não estava disponível neste momento, e ele conseguiu abrandar seus pensamentos momentaneamente. Em meio às atividades inerentes àquele lugar, um terreiro de esperanças, os compromissos eram iguais a justiça social tão sonhada, compartilhados como: limpar objetos sagrados, manusear os instrumentos que são fundamentais em sua religião, ir à mata para pegar ervas a serem utilizadas em rituais de encantamento e etc... Depois de realizada toda essa tarefa, sentiu-se cansado que, mesmo sendo jovem, o corpo não é uma maquina e precisa de repouso, restabelecer as energias e encarar outras atividades.

Mas seu juízo não lhe dava trégua e as preocupações particulares se misturavam às coletivas, causando-lhe aflições difíceis de ser conciliada com qualquer abrandamento imaginário que o pusesse em tranquilidade. Os tempos, o seu tempo é o de agora e as torpezas políticas, sociais, econômicas e de hegemonia religiosa são imperiosas e exigiam dele ações que o fizessem compreender melhor os caminhos a seguir. Ele se sentia perdido, igual quando se entra num labirinto em que quase todas as saídas apontam para paredes intransponíveis, não dá para ir por cima e nem por baixo, há situações em que a transgressão não é a melhor alternativa e ele sabia disso. Precisava descobrir por qual meio faria o seu caminho calculando, na medida do possível, as melhores opções sem perder de vista que nem sempre o melhor seria a garantia de satisfação individual.

Até que, após ficar uma hora sobre o pé de acerola, Benjamim apareceu e o chamou para colher algumas ervas na mata.

— Mas eu já fiz isso — disse Heitor.

— Não importa — respondeu Benjamim — venha comigo. O caminho agora era outro não muito diverso do que ele fora com Pedro, eles subiram um morro muito alto, por uma trilha que facilitava o acesso, chegando ao cume, foram em direção de uma arvore pequena e, sobre ela, Benjamim pediu para que se sentasse a seu lado. Heitor ficou surpreso com aquele gesto, aliás a ideia era colher ervas. Benjamim o fitou nos olhos e perguntou.

— O que está acontecendo?, venho percebendo mudanças em seu comportamento e tenho visto você introspectivo, sisudo e solitário.

— Heitor respondeu — a solidão era inevitável e minha jornada subjetiva somente pode ser percorrida por mim mesmo e, preciso pagar certos preços por essa ousadia.

— Ousadia de quê?— perguntou Benjamim. O que você está tentando fazer sozinho exclui a participação coletiva?

De repente e, com ar desencantado, Heitor pensou numa frase recuperada pela memória de Oscar Wilde e, - disse com voz embargada que fez Benjamim ficar sem palavras e sem perguntas por alguns instantes — a verdade pura e simples raramente é pura e nunca é simples.

Capítulo II

Entre Folhas e Véus

O camarada Pedro acordou junto com Heitor, e antes de estabelecerem conversa, se dedicaram à contemplação daquela que seria uma manhã de interjeições e frêmitos. Foram caminhar, após o café da manhã, ainda em silêncio como se tivessem buscando nas coisas observadas algo que pusesse os dois em conexão, Pedro olhou umas folhas que es tavam à beira do rio e disse a Heitor que a vida é como o ato de despertá-las para o fim desejado e explicou.

— As folhas detêm uma energia em si, porém, antes de sua utilização, é necessário despertar essa energia para ser usada. Entoam-se cânticos e batem-se palmas e, depois disso, podem ser manipuladas. O que quero dizer com isso, meu amigo, é que, como nas ervas, é também a vida, é preciso ser despertado e cujas aflições são efeitos de tentativas de sair da ignorância, e não pensar que isso é um trabalho simples de ser feito, exige de nós muita energia — olhando para o horizonte pediu a Heitor que não perdesse a conexão metafórica com as ervas. — continuou.

Talvez sejamos como elas, contemos uma energia, mas é preciso que alguma coisa nos acorde para que sigamos adiante.

— Tudo bem, Pedrinho — disse Heitor em tom inconformado, - mas será que as coisas pra você não são menos complicadas uma vez que, entre nós, a cor tenha privilégios? nós não sabemos o que é entrar num ônibus e as pessoas olharem pra uma pessoa negra, como se fosse um indivíduo perigoso e, que, por si só, seja uma ameaça, quantas vezes devem ter se olhado ao espelho e verem no reflexo de suas formas censuras das mais variadas possíveis? Ao se verem, ouvindo aqueles comentários sobre seus cabelos, e quais crimes teriam cometido. Não suportar mais se verem porque se percebem através desses comentários e olhares que mordem sua existência, transformando-as em algo ruim. Tornarem-se pessoas revoltadas e escravas dessas injúrias, e o que dizem delas. Não cometeram crime algum, o crime foi imposto a eles como natural, está dentro delas como cupim corroendo aquilo que acreditava ser bom, como mosca em volta de carne fresca a torná-la podre. Mas, - continuou Heitor sua reflexão, - esses homens e mulheres são tão fortes psicologicamente que subvertem essa lógica importada e tomam as rédeas da situação sobrepondo-se a tudo isso. Nesse sentido, Pedro, quem precisa realmente despertar desse sono longínquo somos nós.

Pedro, estupefato com essa narrativa, ficou sem palavras e continuou a caminhar, agora, já não sabia mais aonde ir e passou a ter raiva de sua própria raça, indagou-se sobre como isso pode ter se tornado um sistema, uma estrutura tão poderosa a ponto de transformar pessoas em negros, esse signo carregado de negatividade e pior, tentar fazer essas pessoas tornarem-se naquilo que pensam delas, que tormento, meu Deus, ser o que não se é. – lamentou.

Foi aí que sentaram sobre um jenipapeiro, fruta típica que há nos arredores de onde caminhavam, e ficaram em silêncio, dessa vez, não para contemplar e sim temperar as queixas e ideias que aspiravam tudo por meio de seus olhares. Lembraram de um homem que gostava de sentir a areia escorregando entre seus dedos, quase uma telepatia porque não falavam nada, apenas pensavam parecido. O silêncio era a voz e o pensar a manifestação temporária de risos. Olharam-se e começaram a rir sem entender o que estava acontecendo.

— Está rindo de quê, Pedro?

— Pedro respondeu — estou rindo do homem da areia que escorria entre os dedos.

— Caramba — disse Heitor — estava pensando a mesma coisa. Os dois caíram em gargalhadas e o alívio momentâneo dominou aquele pequeno momento de suposta paz.

Paz, liberdade, amor e justiça essas são as areias de nosso tempo cada vez mais caduco e inglório. O homem da areia é apenas a imagem distorcida de ampulhetas a nos guiar em esperanças enlouquecedoras — disse Pedro — e suspirou tão fundo que deu para ouvir o chiado dos seus pulmões.

— A Desesperança nasce do desespero — reagiu Heitor com sua aflição peculiar — caro Pedro, será que não somos muito jovens pra entrar nesse furacão? A questão é sair dele porque, caso contrário, tudo que foi dito por nós até aqui seria retórica, e não quero me resumir a isso. Se for preciso uma cota de sofrimento pra sair da ignorância eu pagarei esse preço, haja o que houver.

Entardeceu e, por cima da mata, já podiam ver o pôr do sol manifestando seu protesto contra o tempo, as aves davam lugar aos morcegos. Monstros da noite que devoravam insetos em voos rasantes e que chegavam a roçar em Pedro e Heitor, aquilo causava uma aflição desmedida e os dois pareciam excitados com os finos tirados. Sem saber se corriam ou se admiravam aquele fenômeno, simplesmente aproveitavam o momento. Entre risadas e escapadas daqueles verdadeiros mísseis cegos contavam anedotas para obter do tempo a distração necessária sobre os assuntos que vinham travando.

Heitor com voz baixa e aparentando estar cansada disse — O tempo, que coisa mais estranha de pensar, aliás, o pensar também é tempo veja você, caro Pedro, há poucos instantes, estávamos conversando sobre nossas humanas crueldades e, de uma hora para outra, já é outro tempo pensado e passado. O presente é mesmo uma questão sem tempo. Se tivéssemos tempo não estaríamos aqui e sim no futuro, num outro lugar, ainda não vivido e cá estou eu pensando sobre o que não vivi, ainda, pelo menos. O riso no canto da boca parecia um sarcasmo consigo mesmo e de fato foi. Somos obrigados a pensar no futuro o tempo todo como uma suposta garantia de que com essa prospecção não nos perderemos no caminho, mas qual caminho a seguir? são tantos os ideais que nos são colocados ou impostos que fica quase impossível estabelecer uma direção satisfatória. A história é realmente o passado ou ela é presente porque falamos dela no agora e não ontem?

— Parece loucura — respondeu Pedro.

— Quem me dera que o fosse, Pedro, alguns até chegam a dizer que minhas ideias são demasiadamente abstratas e que vivo no mundo da lua, talvez eles estejam certos em julgar-me assim, aliás, essa mania de atravessar nossa necessidade de encontrarmos soluções para nós mesmos é bastante criticada e vista como uma negatividade.

Estamos submetidos a um ideal de moralidade que funciona como um sistema e todas as vezes que pessoas como nós tentaram ou tentam contestá-lo, são vistas como inimigas da cultura, mas não pensem que nos deixamos abater por tais críticas, aliás, essa hipocrisia cultural que propõe como único modelo social —

institucionalizado — a ser seguido e enaltecido como se fosse um Deus, poderá sair ileso à influência da crítica legítima, contudo, o temor atribuído a esse discurso dá caminho aberto a essas paixões como o ódio e a ignorância e diminui a influência de argumentos lógicos.

Não me vejo um homem resignado, conformado com as coisas impostas, apesar de minha pouca idade, venho de uma realidade social injusta por não admiti-la como universal e severa com aqueles que não sabem voar com os pés no chão, convivo com a violência sabida através dos meios de comunicação todos os dias, caro Pedro, e sei o quanto essa experiência me é cara, não só a mim, mas espero que, a todos que concordam comigo. Não vivemos acastelados em muros protegidos com cercas elétricas, câmeras de monitoramento e seguranças, fazemos nossa própria segurança, aquela de saber conviver com as diferentes formas de interesse e necessidades possíveis numa terra onde todos estão insatisfeitos e que precisam fazer das tripas coração, todos os dias, para poder sobreviver. Existem também outras formas de diferenciação que são tão abjetas como a de quando saio do bairro onde moro e vou a outros espaços que utilizo como entretenimento, verdadeiros impérios de efemeridades em que as pessoas consomem suas próprias merdas modificadas pelo capitalismo e que se propõem como objetos de consumo.

Nesse lugar, a barra torna-se mais tensa e perigosa porque o drama não é mais de luta diária pelo pão de cada dia e sim de ataque psicológico. São olhados com desprezo, humilhados entre conversas aos pés dos ouvidos de transeuntes que cruzam por eles, são conjecturados e capitulados como uma nota de rodapé de página de livro velho. Enquanto isso, tudo acontece e segue com seus rap, funk, MPB, jazz, blues e samba em que ouvem e produzem para fins sublimatórios, caso contrário entrariam em parafuso como muitos estão fazendo, ou se identificando com seus opressores ou tornando-se presas fáceis nessa urbanidade desumana ao subtrair sem consentimento a merda consumida e frivolamente admirada e tratada como sagrada.

Já pensou se os novos escravos se libertassem das amarras repressoras que o tornam aptos a viver em sociedade de forma educada e obediente? Os novos senhores seriam, literalmente, derrubados de seus cavalos e pisoteados seja pela força bruta ou pela capacidade argumentativa e de greve de subalternidade. Somos aquilo que também reprimimos quando tentamos dominar a natureza e controlar nossos ímpetos, a diferença é que quando nos apropriamos desse saber, por vias intelectuais e, não as emocionais, deparamo-nos com possibilidades incríveis de civilidade, a exemplo da arte e de ciências plurais menos militarizantes. A civilização nos impõe como fator preexistente uma ultramoralidade que afeta a ordem social e cria monstros encapsulados e na primeira oportunidade liberam, sem sublimação, ódio sem véu. Tornam-se cruéis e bestiais legitimando matanças em nome desse ideal e fazendo do convívio social uma verdadeira batalha campal pelo poder e distinção. Quantas vezes você já deve ter se deparado com situações desse tipo em sua vida? Basta um semáforo quebrar para que os carros virem armas a serem usadas uns contra os outros, é como se fosse necessário uma lei cada vez mais severa para conter esses impulsos autodestrutivos no homem.

A sabedoria do tempo torna as pessoas, pelo menos aquelas que se dão ao intento, possuir olhares menos tormentosos, e isso não quer dizer resignados, ficam mais pacientes e observantes, não se jogam sem ter garantias que possam sustentá-las antes do chão. — Heitor parou para respirar um pouco, o êxtase fez com que ele se indignasse ainda mais na medida em que falava. Benjamim o encontrou no caminho e apreensivo com a expressão que Heitor emana nos olhos ficou apreensivo e, pode deduzir o que se tratava, mas não sabia ainda como acalmá-lo naquela revolução em que estava, necessariamente metido. Por enquanto, o fitava com ar socrático, tentando fazer suas ideias ventilarem antes de se tornarem ventania e destruíssem sua saúde mental. Percebia que não podia ir como quem corre os cem metros rasos sobre Heitor, devia ser cauteloso e tentar entender de onde partia toda aquela angústia. Retirou-se a caminhar sozinho em meio a pensamentos quase lógicos, argumentava contra si mesmo, diante das possibilidades de acesso àquele mundo jovem e apimentado com o curso atual de uma política ultrajante e que, de forma franca e sem arreios, despejava seus venenos e balas sobre os corpos da juventude negra e periférica.

É claro que não se deve proibir a crítica e a discussão daquilo que contemos como repulsivo, caso contrário, estaríamos no campo de censura às nossas relativas liberdades em exprimir nossa subjetividade e capacidade de retificação. Estar revivendo tempos de ódio e de total exclusão do tão difamado diferente é péssimo e indiferente às questões caras à humanidade. Lutaram tanto por esses ganhos sociais, questionaram e deram suas vidas em sacrifícios num passado recente de oposição a essas práticas que beiram ao homicídio declarado e sem culpa. A culpa, esse sentimento que foi sendo lapidado e cultivado com tanto esmero, não deveria sofrer uma transformação, diferente da que estamos convencidos? Não considero ser mais necessário o uso de camisas de força ideológico-religiosas para limitar nossos desejos, porque não progredirmos em novas vias já que a culpa é inerente, tentemos sair dela pelo saber sem nos aferrar no ódio justificado como artifício protegido em defesa daqueles que pensam iguais, impossibilitando caminhos de convívio baseado no respeito. Talvez seja um pouco utópico pensar assim, bem que me diziam para ser mais rude com meus sentimentos, não ser atento nas incertezas humanas e pensar com mais praticidade, ser sensível aos dramas inevitáveis, fazem-nos medíocres aos olhos dos imbecis — desabafou. — Eram esses os ensinamentos que recebia e, agora, ao ver Heitor padecendo de sua sensibilidade, posso ver como ele é perigoso em seu meio social e, em contrapartida, o quanto os outros se tornam perigosos para ele — refletiu Benjamim antes de falar sobre suas experiências.

Já estou meio calejado — disse Benjamim — de si para si, nesses assuntos. Tanto é que por mais incômodo que seja, tento não me imiscuir como aconteceu em tempos passados. E, no caminho que estamos trilhando é preciso dizer e, faço isso trazendo a fala de Achille Mbembe, – negro é portanto a alcunha, a túnica com a qual outros me disfarçaram e na qual me tentam encerrar - Não os nego, pois seria uma insanidade, aprendi a me defender sem me perder, e isso é o que tentarei transmitir para Heitor, uma forma de ajudá-lo sem me tornar contrário ao que está refletindo.

Lembro-me muito bem quando era garoto — com o olhar divagando no passado, como se não estivesse ali, naquele momento — e não ligava pra nada do que estava acontecendo no mundo, claro, pensava em me divertir com os amigos em campinhos de futebol, a vida era muito áspera e as dificuldades que nos impunham geravam problemas internos à família e não havia muito tempo para ficarmos pensando sobre questões macros sociais. A diversão era uma forma de driblar a realidade e, talvez, negá-la, mas não era simples porque havia nas conversas entre amigos um quê de sofrimento que aparecia nos intervalos das risadas como se algo invadisse aquele momento, pois já estava a espreita aguardando uma oportunidade de nos afetar. As brincadeiras com tons de crueldades disfarçadas de demonstração de força revelavam o quanto estávamos envolvidos no cenário de descaso dos poderes que governavam, havia pais que não conseguiam comprar o básico pra suas famílias e era possível perceber quando jogávamos, um ou outro pedir pra descansar porque estava com fome ou algo similar. Fazíamos chacota com isso a ponto da maldade beirar uma reprodução daquilo que mais recriminávamos. Em bairro de periferia, meu amigo, o buraco é mais em baixo, ou você aguenta o tranco ou se deprime e deprimir era coisa pra pequeno burguês. Mas, desde essa época, já gostava de músicos que falavam sobre amor, revolução, amizade e companheirismo e alguma coisa acontecia em mim e que me tornou menos bruto, claro que não podia demonstrar essa fragilidade, seria xeque-mate, então escondia essa que viria a ser uma das minhas qualidades, a memória. A música me ajudou a gravar períodos, associar as coisas negadas a fatos sociais concretos e vez ou outra nas "peladas" cantava um trecho dessas letras. Belchior me fez entender alguns dos nossos problemas, a exemplo de: se a felicidade é uma arma quente, a tristeza é uma arma fria, e naqueles tempos o que mais se via eram rostos tristes espalhados para tudo que era lado e quando, ao ouvir essas letras, comecei a entender que nossa alegria era uma máscara, me deparei com uma necessidade enorme de colocar isso pra fora. Não pense que isso era fácil e encontrei na bebida uma espécie de refúgio como medida cautelar contra mim mesmo. Gostava de beber, não precisava do álcool pra viver, é bem diferente, ouvia as músicas e não as suportava, a realidade que ela me passava expressava a crueza dos dias e chorar não podia ser uma alternativa tinha que demonstrar saber atravessar aquilo e seguir em frente — continuou revelando suas lembranças e os olhos revelaram o saudosismo e preocupações do que viveu tão intensamente e continuou.

Outro entretenimento surgiu e, como ler não era uma das melhores opções, apesar de estra sempre informado, a música se tornou meu campo particular. Vieram as responsabilidades, compromissos e me comprometi com essas atividades que não me reservavam muito tempo para estar com os amigos, os encontros se tornaram mais curtos e a vida de cada um seguia seus rumos. Uns conseguiram alguma habilidade e ganhavam a vida com isso, outros permaneceram inertes, esperando algum milagre acontecer. Não obtive muito sucesso no campo dos estudos e me tornei funcionário de uma pequena empresa, não é tão ruim assim, mas é preciso paciência e perspicácia em saber conviver.

Ser negro num país racista é uma forma de arte e demorei muito pra me dar conta que também é uma forma de ciência. Ouvi e participei de alguns encontros com um pessoal que aparentava bastante engajamento na política e que lutava contra essa prática social repugnante todos os dias e queria me tornar, não um membro, mas deter conhecimento sobre quais garantias é preciso ter e não cair nas armadilhas de discursos violentos sem me tornar violento também, aliás, não seria injusto caso fizesse isso como reposta subversivo revolucionária. Umas dessas questões levantadas por esses grupos é que se continuássemos a permitir que homens brancos falassem por nós, seja nas faculdades ou em outros espaços de conhecimento e poder, perderíamos a possibilidade de legitimar nossos próprios discursos contra o racismo e considerei aquilo incrível porque era uma ocupação de fala que jamais poderia imaginar que seria possível. Somente pessoas com nomes pomposos e status sociais ganhavam destaque nesses espaços, e era preciso que falássemos de nós mesmos sem intermediários, não se negava o apoio, solidariedade e empatia identificatória por parte da sociedade que encarava essa herança colonialista absurda, mas, nós colocaríamos os pontos nos is. Isso foi fundamental como manejo do turbilhão de ideias que passavam em minha cabeça e não conseguia processar porque a tendência a considerar as reuniões como improdutivas sempre vinham à tona, talvez devido aos anos de serviços prestados que me faziam ir a infinitas reuniões, pouco ou quase nada resolutivas, me decepcionaram e me tornaram descrente.

Vem tudo isso à superfície quando vejo um garoto como você, Heitor, remexido igual a mar revolto sem saber como escoar seus ideais por uma sociedade menos injusta. Nunca fui de sorrir para quem não gosto, nenhuma piada advinda de um escroto é engraçada. Você — disse isso com firmeza e justeza em cada palavra — precisa saber disso, os punhos cerrados e a mente jamais encerrada em si, era uma estratégia interessante de demonstrar que não se promove paz com guerra, mas em algumas ocasiões é preciso pegar em armas.

Capítulo III

Nenhuma Ilusão Deve Ser Permanente

Em meio àquele alvoroço mental, Heitor se viu absorvido em um cenário obscurecido pelas emoções em que a razão era um mero joguete de ideias desbaratadas nada a ver com um tabuleiro de dama, e sim de xadrez. Seu maior oponente, ele mesmo, seu amor estava em jogo na figura da mulher amada e incapaz de ser calculada nas dicas recolhidas nos livros, um romance pitoresco sem desenho pré-formado, um verdadeiro caleidoscópios de sensações lancinantes.

Ela tem o nome cujo significado sucinta o amanhecer em contradição com o crepuscular estado de espírito e de autocrítica que Heitor estava vivendo. Apesar desse atributo mítico e parecer ter saído das telas de Renoir, não representava a morte em seu jeito de ser, porém, Heitor, não sabia nada dessa mulher que o envolveu sem pretensões diretas. Os dois se encontraram no jardim sagrado que outro dia estava a discutir com Pedro as angústias de não se diferenciar dos ideais de branquitude.

Dessa vez, eles foram mais à beira do rio que estava lindo naquela manhã, batiam dez horas quando chegaram. As árvores frondosas e carregadas de folhas outonais despertavam bons presságios, a terra ainda estava úmida da chuva que caíra na madrugada, a água gelada típica temperatura de rios estreitos e com características singulares em que o tempo nas curvas de sua silhueta fazia as horas caminharem vagarosamente. Os olhares se encontravam na esquina dos pensamentos trocados, e as palavras não saíam do pavilhão de suas bocas umedecidas. A cada piscada das pálpebras um código se estabelecia e tal qual cinema mudo os gestos representavam o não dito. Ela estava vestida com roupas simples e os cabelos amarrados com laços de fitas amarelas, maquiagem leve e com serenos gestos, ia encantando, também, as folhas pontiagudas que cercavam o caminho. Estatura mediana e detentora de um corpo a romper o padrão de beleza estabelecido, gostava de caminhar descalça, sentindo a terra apalpar seus pés de fina pele e, com jeito displicente desviar das plantas mais ariscas ao toque. Os olhares não conseguiam mais expressar o que se passava no esconderijo dos gracejos e, cada vez mais, a palavra exigia ser exprimida e assim aconteceu.

— Heitor — afirmou com desconfiada curiosidade — não quero me desapontar com você. Até que ponto é possível saber se irei me arrepender? — questionou-se sabendo que a resposta para isso é um enigma.

— Não sei responder — disse Heitor — não existe matemática que aponte ou preveja um resultado preciso para isso. É claro que não quero que isso aconteça, mas a vida é real de vieses demais.

— Isso assusta — disse ela com preocupação.

Heitor que já vinha atormentado com suas incertezas precisou acrescentar mais uma ao seu repertório de questões bem-feitas na pergunta e ainda sem soluções na resposta. Como será que poderei manifestar resposta sobre isso também — disse ele — com ar de oxigênio engarrafado no peito. De repente, a paisagem ganhou um novo tom, as folhas secas caiam sobre ele e a sensação de espanto o invadiu, o peito apertado e as mãos estáticas o fizeram lembrar das esculturas neoclássicas imortalizadas em seus silêncios revolucionários. Ele ficou petrificado como Eros e Psique, de Antônio Canova e lembrou-se do mito que lera poucos dias atrás e, em divagante pensamento, silenciou as palavras e voltou-se para si. Uma maldição proibia os dois de se verem. Encomendada por Afrodite, a deusa da beleza Psique jamais poderia ver Eros e somente ter dele o para além da beleza. Infelizmente, a curiosidade foi maior do que a condição aceita e isso quase arruinou a união dos dois, mas o amor e a alma prevaleceram.

Naqueles longos e infinitos minutos estatizados, Heitor ficou imerso nesse mito e não conseguia pensar em outra coisa, a não ser na ideia de branquitude como ideal social. Ele era esculpido em mármore branco.

E agora — disse ele — de si para si, o que ela está vendo em mim, beleza ou alma?

A inibição mais uma vez o pôs sem resposta e se ao menos tivesse dito isso a ela para que pudesse se mover daquele labirinto mental e conseguisse uma filigrana de sossego, o rumo daquela experiência poderia estabelecer harmonia, algo que era tão estranho a seu cotidiano. O peso desse inferno foi percebido por ela que ficou a olhá-lo como quem vai ao museu e fotografa a obra a cada abrir e fechar das pálpebras, tentando encontrar uma falha e poder olhar mais fundo, nos detalhes, o desgaste que o tempo realizou. Heitor não tinha mais tempo, os detalhes poderiam complicar ainda mais aquela situação embaraçosa. Ele sabia disso, mas não conseguia encontrar no que se amparar e seguir adiante. Foi nesse exato momento, que ele conseguiu respirar e a presença de um estranho foi o artifício necessário para justificar que voltassem, pois era perigoso ficar exposto fora dos muros que eles frequentavam juntos todo final de mês.

Passaram-se alguns anos após aquele primeiro encontro, Heitor e Aurora mantiveram um romance primoroso de encontros de quereres da mais sincera entrega. No entanto, alguns tropeços deles marcavam, na relação, uma disritmia que nada se assemelhava ao outono daqueles felizes primeiros meses de amor e paixão sem régua que os juntaram. O inverno chegou e os desentendimentos implacáveis também, já não conseguiam mais se afinar nas decisões a serem tomadas e que, possivelmente, marcariam um futuro de consistências que se almejava. Dissimulado nas pequenas diferenças quando falavam sobre a organização da casa ou nas pretensões de gastos e investimentos financeiros a serem aplicados em sonhos e em quitar débitos das despesas cotidianas a qualquer vida que se pretendesse autônoma, Heitor ficou diante de abismos sem pontes ou cordas e cada vez mais a distância entre os dois se apresentava dolorosa. Passou a pensar e agir em conformidade com seus próprios interesses centrais à moral instituída na relação, mas a deixava cada vez mais só tornando-se solitário com ela, a vida andava a passos galopantes nos momentos de paz e muito lenta quando se desentendiam. O tédio e a vontade de se rebelar cresciam como plantas daninhas em tempo de guerra e o veneno era a única fórmula possível de saneamento do mal- estar.

Trabalhava e estudava mais para acreditar que essas atitudes o fariam ser bem-visto aos olhos dela, porém suas ações o transformavam em algo mais incômodo para Aurora que o percebia distante e reativo a cada fala que estimulava uma conversa que tinha como proposta se reencontrarem, ela também estava cansada desse ir e vir sem sentido. Era como se estivesse em cancere siberiano carregando pedras de um lado para o outro sem uma finalidade útil à pena e sim para torturar e esmagar qualquer possibilidade de liberdade existencial naquilo que foi uma das maiores apostas de suas vidas, o amor.

Heitor sabia que estava perdendo o grande amor de sua vida e não encontrava alternativa que pudesse tirá-lo da lama em que estavam. Não aceitava mais ser aquilo que se lançou no início e que, aos poucos, em nome desse amor, se entregava sem questionamentos, pois entendia que, se o fizesse, correria o rico de perder em admiração. Lembrou-se de ter aceitado certas garantias de Aurora quando lhe dava aquilo que, mais tarde, veio a ser sabido por ele como o seu inferno, atualizar as experiências infantis nas demandas de amor que engendravam mais e mais aquele laço entre eles e os tornavam reféns do conformismo cotidiano causado pelo silêncio dos ganhos psicológicos.

Alguns amigos, aqueles de verdade, que não deixam escapar nada das mancadas que precisava saber ter feito situavam ponto a ponto, como costura em ponto de cruz, sua ignorância e artifício de vitimização nas argumentações. Não se travava de desvio de caráter ou personalidade fraca como dizem, e sim seus descompassos consigo mesmo que o atrapalhavam. Mas quem é que acerta ao se amar? Essa era uma pergunta obsessiva que fazia a todos eles e a si mesmo com uma constância enlouquecedora e tentava mostrar com isso que tanto ele quanto Aurora erravam por ignorância e não podiam sofrer maiores acusações porque sem saber, o réu teria prerrogativas de defesa. Eles seguiam se afastando e se aproximando, as estrias passaram a moldurar as desculpas melhor do que as verdades ditas de tão distorcidas e torcidas. Heitor precisou viajar e, ao voltar, estava decidido em mudar, não somente a si mesmo, mas aos dois, queria lançar-se no passado, acreditando que Aurora o viria com o mesmo olhar de candura, só não esperava se dar conta, tardiamente, que ela se tinha destacado dele e decidiu, numa cena Buarquiana, deixá-lo. Pediu licença para tomar banho e, quando voltou, seus cabelos estavam molhados e, praticamente despenteados, muito molhados inclusive, como se tivesse saído às pressas do banho. Parecia ter tomado uma decisão enquanto ensaboava o corpo e que os dois anos que antecederam àquele momento não existiram, sim, existiram com todos os seus matizes, vieses, vias, caminhos, descaminhos, sofrimentos, solidão, tesão por outros homens, - sim, porque não? Os desejos dela não estavam presos ao amor que sentia por ele - silenciados pela moralidade da relação e ao amor que sentia. Encontrou Heitor deitado no sofá da sala e debruçou o corpo sobre ele calculando a distância necessária e disse com todas as letras e lágrimas que escorriam sem cessar daqueles olhos que em dias outonais cativaram Heitor.

— E lhe disse em desespero — eu não te amo mais!

Heitor levantou arrastando seu corpo pesado e se dirigiu ao banheiro, lá tomou banho com gestos mecânicos, nada se passava em sua mente, exatamente nada, a paz da ausência de pensamentos se assemelhava ao silêncio sepulcral. Saiu, vestiu sua melhor roupa, arrumou a mala e passou por ela sem despedida e a viu em prantos e alívio, uma mistura de sentimentos *nonsense* e que o confundiu em seus labirintos. Pôs-se a ir errantemente a algum lugar e na falta de referência e desamparo refugiou-se na inevitável solidão.

Decidido a isolar-se do grande mundo a tudo aquilo que o fazia sentir-se vivo. Procurou uma casa distante da cidade para purificar sua alma peregrina das purgações tóxicas das convivências comuns e refazer-se. Passado um ano após essas separações e demasiadamente criticado por isso, desenvolveu uma admirável forma de se reinventar. Os amigos que o fizeram enxergar, nas atitudes nocivas infligidas a si mesmo, o mal- estar causado a todos a seu redor foram os primeiros a ser buscados numa tentativa extremamente importante de retificação e amadurecimento. Conseguiu reestabelecer alguns laços, principalmente com uma amiga que ele mais respeitava, admirava e autorizava a ter autoridade sobre ele. Em outros, encontrou um resíduo daquilo que um dia existiu, fragmentos de confiança e ternura, nada mais.

Enveredou no caminho da religiosidade, não como artifício, mas uma nova perspectiva estética sobre os mundos, o dele próprio e o grande mundo, era a mesma vida, porém com novos matizes. Claudicante e sujeito da advertência de muitos, se assemelhou a Édipo em colono. Desterrado das cumplicidades que buscava em tudo que se amparava, se deu por vencido e decidiu parar de criticar a todos como uma estratégia de defesa e observou-se em suas entranhas. Nem tudo foi vitimismo, nem tudo foi sedução, nem tudo foi como parecia ser, ele sabia que a vida não era justa e se deu conta disso a partir dos problemas que sofreu e, principalmente, dos que causou. A justeza com que experimentava suas emoções o persuadia em indignações austeras, sua narrativa imprimia marcas profundas em sua história, causando-lhe sensações estranhas e que iam afetando seu cotidiano a cada conversa travada com sua consciência. Não tinha mais espaço para argumentos artificiais sobre sua existência. Havia um desejo crescente dentro dele e um eclipse se fez na alma. As perdas haviam se transformado e pequenos monstros que consumiam as possibilidades de articulação de ideias sobre os inoportunos das discriminações que sofria em paralelo às intermitências das paixões frustradas que lhe apareciam no caminho. Ele acreditava que a resignação é o ideal propagado pela hegemonia de poder daqueles que somente esperam essa reação silenciosa e obediente dos oprimidos.

Capítulo IV

Não É Possível Amar Quem Não Conheço

A noite jazia plena naquele dia e os últimos acontecimentos tinham deixado Heitor debilitado emocionalmente. Não parava de pensar sobre a hipocrisia de nossas elites e a crueldade cristã de nossa classe gerenciadora dos interesses dos donos do poder. Amargava ele saber que um dos sagrados mandamentos designava amar ao próximo como ama a si mesmo e quão estupido são aqueles que acreditam cegamente nesse ordenamento, supostamente divino, pois se tratava de algo ilusório, fictício, por assim dizer. — refletiu com sentimento de destruição necessária — Como posso amar quem não conheço e que por mim tem desprezo? Isso realmente não deve ser cristão, e sim o efeito de interesses de classe. A raça também entra nesse conflito como determinante dos destinos, é simples, é só ligar a TV e assistir ao noticiário de todos os dias para ver o genocídio do povo negro estampado nas matérias do jornal. Amor? De qual amor estamos falando?

— Disse ele e o pensamento quase escapou pela boca — desse amor, só sinto o estampido das palavras — balas que atingem no corpo e na alma nessa infeliz cotidianidade.

E se amássemos o próximo como este nos ama? Acredito que seria mais justo, pois, faríamos das construções de laços o motor das possibilidades afetivas e efetivas concretas. Não quero e não posso me sacrificar por quem nutro a reação das dores infligidas e que, em muitos, se tornaram autoinfligidas pelo branqueamento nas posições tomadas até a ingestão da espada ao cabo da empunhadura, ideais foram feitos para ser desconstruído e sobre isso sinto todos os dias de minha vida. Não somente eu, mas todos aqueles que, tal qual a mim, é atingido pelas balas de palavras cruéis em cada tentativa de busca por menos desigualdade. Constatar que a vida não é justa exige muita compreensão da inevitabilidade do que o outro é capaz de fazer para destruir sonhos e desfazer conquistas, historicamente esclarecidas, desse ritual sócio-político de marginalização dos que não são iguais. É claro que acreditar numa igualdade como hegemônica seria de uma torpeza consigo mesmo tão cruel quanto a afirmativa da existência de universalização, não é por ai que devemos seguir — com expressão de advertência e cautela, prosseguiu -. Há mulheres incríveis que estão disputando os espaços de poder, discutindo sobre feminismos plurais extremamente importantes, verdadeiros faróis a iluminar os obscuros horizontes da sociedade.

Podem pensar que essa amargura se deveu, a partir, de eu ter sofrido um golpe de amor, digo com todas as letras que isso não é argumento, minimante maduro, nem suficiente para me demover das assertivas que desenvolvo nos lugares ou com pessoas que paro para conversar sobre esses assuntos. Será que não percebem o caráter ultrapassado em se manter um conservadorismo tacanho por tanto tempo? O sorriso blasé daqueles "homens de bem" e o cinismo têm tomado conta das relações de uma forma e conteúdo tão ultrajante que a náusea é inevitável. Outro dia travei conversa com um indivíduo com um grau de periculosidade medido nas entre linhas de seu discurso. Pessoa aparentemente afável e simpática, não perdia o tom de fala suave e marcante. Bem vestido, como deve ser a burguesia, via-se claramente os sinais de distinção em cada gesto realizado. A elegância de seus movimentos demonstravam firmeza e rigidez, porém, algo no seu humor revelava um assassino das liberdades plurais, somente nas nuances. Gostava de contar piadas cheias de espirituosidades e conseguia encantar a todos que estavam a nosso redor. Demostrava cavalheirismo e simpatia quando alguém não se sentia confortável. Imediatamente reagia, pedindo desculpas e que não era aquela a sua intenção, e pior, o desgraçado conseguia convencer o pobre coitado, objeto de suas injúrias como se fosse um espectador e não um sujeito implicado na sujeira de seus risos estridentes. Heitor observava manifestando suas ideias sem muito se dar a perceber, queria que ele se expusesse mais e aos poucos fosse revelando o que, por trás das mentiras incorporadas, dissimulava a verdade de seus reais interesses, - Aniquilar o seu interlocutor!

O jogo de sedução é realmente uma ferramenta extremamente importante nos canalhas, vão distorcendo a verdade com muita destreza de desfaçatez que conseguem convencer todos os tolos de uma vez só. Heitor não era mais um tolo e estava ali para provar a si mesmo o quanto essas pessoas precisavam negá-lo, para poder se afirmar como melhores, superiores, nobres e distintos. Em cada piadinha ia-se diminuído as possibilidades do autoengano. Era preciso fazer alguma coisa para desmascarar aquele jogo de palavras perversas, e Heitor não suportou, e vomitou todo o almoço na calça de linho cinza daquele distinto senhor. O vômito foi um alívio, não somente no estômago, mas na alma. O distinto homem de bem ergueu sua mão cheias de dedos, como se fossem as garras de um trator, a arranca-se da insólita situação que se viu metido. Evitou ser cumprimentado, virou as costas e saiu triunfante das amarras do ódio velado atrás da boa aparência que vestia aquele discurso cheio de amor à minha suposta aniquilação.

Heitor leu havia lido Albert Camus e lembrou-se do trecho que diz - é preciso que alguém tenha a última palavra. Senão, a toda razão pode opor-se uma outra, nunca mais se acabaria. A força, pelo contrário, resolve tudo -. Substituímos o diálogo pelo comunicado. Podem até discuti-la, isso não nos interessa. Mas, dentro de alguns anos, lá estará a polícia para lhes mostrar que tenho razão.   Albert Camus escreveu isso em 1956, no livro A queda, e como se faz ainda atual e profético suas palavras — pensou Heitor com um sentimento seguro e afirmativo de estar no caminho certo — Quando nos reportamos aos dias atuais e nos perguntamos sobre como anda nossa democracia e a última palavra, de acordo com o filósofo franco-argelino, a força, tem resolvido tudo. Ou ela vem disfarçada ou surge no mais alto nível de desprezo pelas expressões humanas, fazendo, claro, sua seleção implacável das raças. A cor preta é a preferida das estruturas de poder quando se fala em exclusão. Estou cansado disso — disse Heitor — com o coração embalado a vaco. Os diálogos estão menos valorizados, e o silêncio, ah... este tem ganhado forma faustiana e isolado do discurso as verdades reveladoras dos tormentos cotidianos, dos olhares desconfiados nos entre corpos que se cruzam nas calçadas e esquinas do ir e vir de sempre. Como não sentir tristeza e pesar?

Que hegemonia é essa que impede que pessoas não possam participar ativamente de um processo que vise saídas de escravidões de todos os tipos? — expressando indignação ao apontar o dedo indicador ao oponente invisível -. Essa organização espera que aceitemos calados um consenso apassivado? Não, não quero me apassivar diante disso. É um absurdo ter que me sentir do outro lado do "belo", é preciso esticarmos as possibilidades de diálogos para não incorrermos no mesmo erro da política da força como mecanismo de solução de problemas. Essa hipertrofia somente garante os interesses das elites, do Estado e do mercado financeiro, pondo pessoas em condição de miséria na busca por melhores condições de vida.

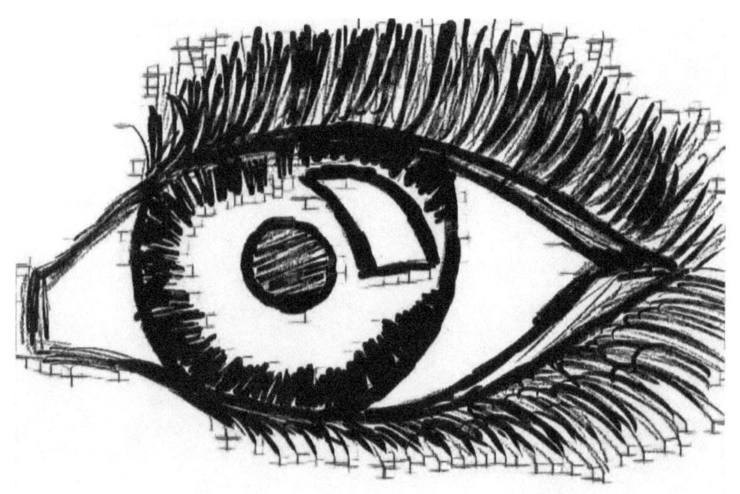

Capítulo V

A Censura

Não seria justo esquecer as lembranças em que Heitor estava espetado até o diapasão de seu ser. Todas essas indignações, por mais justas que sejam e são, fez sentir uma dor penosa dentro de suas convicções, tendo se isolado em pensamentos e métodos pessoais, não se pôs em condições de negar seus erros, aliás, onde se acerta e erra, - as ilusões sim, podem ser devastadoras? -. Essa era a teimosia que o assolava quando se percebia sendo o juiz imperativo, no exato momento em que se criticava. A sentença era outra coisa, mais robusta como toda sentença é, quando se esquivava em saídas hipotéticas e sofistas de forma aparentemente brilhante e condescendente. Mas, seu sensor crítico, não amolecia e exigia dele um exercício melhor ajustado para que não caísse nas próprias armadilhas.

Escreveu uma mensagem para Pedro pedindo que o ajudasse nessa empreitada, pois, sozinho seu juízo poderia ser tendencioso nos assuntos mais cruciais. Pedro respondeu, dizendo que sempre esteve disposto a conversar e que ele tinha se afastado nos últimos tempos sem dar explicação, o que o preocupou bastante. Mas como o conhecia, ou ao menos achava que o conhecia bem, sabia de sua necessidade de estar sozinho e que o compreendia, se esse fosse o caso.

Não quero me alongar — disse Heitor — com seu habitual estilo. Gostaria de lhe falar sobre uma experiência constrangedora e reveladora pela qual passei. Era fim de tarde, numa das ruas que passo com minha bicicleta quando volto do trabalho. Estava um engarrafamento horrível, e já é sabido por nós, o quanto os motoristas daqui são impacientes e mal educados, principalmente nessas circunstâncias. Em meio aos carros, precisei parar num cruzamento com o objetivo de não ser atropelado e também permitir que o fluxo seguisse seu caminho sem grandes transtornos. Lá estava com minha bicicleta, capacete e fé, quando um carro parou a meu lado encostando e me amassando suavemente — riu sem graça — no carro que estava do lado direito. Olhei para trás e pedi educadamente para o motorista observar o que ele estava fazendo, e fui completamente ignorado. Foi nesse exato momento que olhei atentamente para o rosto do condutor, e vi um cinismo revelador do concidadão, dessa terra que fora do cacique Serigy, a expressão mais assustadora de total alheamento e desinteresse em minha reclamação. Percebi que não adiantaria gritar ou socar o carro, que parecia está escrito no capô: ódio!. Decidi seguir meu caminho — disse a pedrinho com uma profunda autocrítica — sem olhar pelo retrovisor do que pensei ter sido minha covardia.

É assim, Pedro, que estava conduzindo minha vida há alguns anos, engolindo as críticas e transformando-as em ódio disfarçado na boa educação de sempre. Silenciando meus sofrimentos em nome de não ser criticado e embalado para viagem como mercadoria comprada em supermercado. Precisava abafar tudo que sentia ou falar somente de mim e impedir o outro de falar algo que me pusesse em maus lençóis. Recolhi-me em pensamentos, me isolei. Foi preciso, quero que saiba disso, não o esqueci um só momento, mas foi preciso. Minhas memórias se pareciam com livros empoeirados, e era necessário sacodir a poeira e expor os nãos ditos assumindo todos os riscos inerentes quando se fala, não queria ser mais escravo das mordaças e sim, senhor do preço a se pagar. Por isso, entrei em contato com você, quero passar a limpo o que a hipocrisia me impediu e mostrar que errei e acertei, machuquei e fui machucado, deixei e fui deixado. Estava seguindo na superfície da vida, por palavras e mais ou menos na realidade. Fugia da realidade, aprendi a fugir. Passei a me identificar com os livros, eles passaram a ser ótimas companhias, não pense você que são silenciosos, pelo contrário falavam em alto e sem som, sobre a vida e seus infortúnios, inclusive os utilizados por mim.

Uma imagem fragmentada de mim se misturava em tudo aquilo em que depositava confiança, principalmente nos laços afetivos. Entenda afeto como uma potência de investimentos aplicada nas pessoas, ideais, crença e fé. Olhava-me ao espelho e via meu rosto como se fosse uma tela do cubismo de Picasso, que aflição, meu amigo, não se reconhecer no reflexo. Mas era a realidade daqueles dias em que parecia ter negociado com o diabo a minha alma em troca de felicidades e prazeres imediatos das coisas pretendidas. Os labirintos se seguiam um após o outro como vertigem e os desencontros e desencantos temperavam com muito sal o sabor amargo do reconhecimento nas merdas que fiz. Como você pode perceber não me afastei sem motivos, eu era um tabu, e quem de mim se aproximasse sofreria danos irreparáveis. Mas alguma coisa aconteceu que me fez entender o caráter luminoso nisso tudo e me indicou caminhos menos espinhosos a seguir. Há tempos que não espero dos outros respostas absolutas, a não ser as dores inevitáveis dos encontros sempre marcados. Não pense que me tornei um aceta, pelo contrário, hoje, acredito que há certos afetos que não são possíveis e você precisa acreditar em mim, é libertador.

Atingi a maturidade? Não — caro Pedro — defendo a ideia em que a maturidade só é possível perto da morte. Claro que a maturidade que falo diz respeito a mais profunda significação da subjetividade, em se tratando de maturidade sobre nossa história política, social e cultural e como se estruturou o racismo entre nós, é totalmente passível de avançarmos em vida. Porque dos nossos mortos obtemos seus ensinamentos ancestrais, às vezes, em enigmas complexos e em outros momentos bastante esclarecedores.

O farol de prata já aparecia resplandecente no céu, as horas passaram lentas para que os dois pudessem conversar com tranquilidade sobre os contextos que fizeram Heitor transformar a vida de compulsiva sedução, em beneficio de si, para a perspectiva de implicação em causas maiores do que seu pequeno mundo — lembrou-se das palavras de Benjamim sobre a coletividade e, uma ponta de realística esperança apareceu no horizonte ainda embaçado.

Capítulo VI

A Inocência Perdida Nos Fragmentos De Outrora

Em nossa sociedade, cada vez mais, têm tratado as mulheres, em especial as negras, como recompensa. Isso é doloroso demais na admissão de um gênero humano em que Heitor faz parte. Parte do gênero e não do uso insidioso e repugnante do jogo jocoso das relações que muitos homens estabelecem poder fetichizar as mulheres como mercadoria de seus ímpetos mais sinistros. Acossado por isso, não se permitiu ao esconderijo das abstrações imperantes daqueles tempos em que ficava a elucubrar questões infindáveis na mente, começou a estabelecer um roteiro que o levasse a encontros, tão inquietantes quanto os de amar, mas que tivesse algo de objetivo, esclarecedor e que o tirasse do ostracismo do si mesmo.

O estado atual, da moral social e política desse tempo de ódio tem regulado delirantemente essa estrutura sádica e melancólica das relações. Uma espécie de desejo nefasto por bodes expiatórios, claro, isso não é novidade.

— Pedro afirmou com segurança meneando a cabeça —, mas causam aflições. Não há inocentes, todos somos culpados de alguma coisa, é assim que nos situam, sem remorsos. Nos prendem, em condições sociais, como se fôssemos bactérias em tubos de ensaio, em formato de cruz. Existem aqueles que, como disse Marx em 18 Brumário em 1799 são generais patriotas, invencíveis e adorado pelos seus soldados ou seja, antecessores desqualificados da burguesia, verdadeiros trapaceiros e causadores do caos, párias e milicianos promotores delinquentes de mentiras escandalosas e desqualificadoras de verdades históricas. Essa classe social que se formara tentou como ainda hoje tenta, a qualquer custo, em golpes seguidos de golpes, desqualificar a significação das lutas por esclarecimento e enfraquecimento da mentira e que, durante 131 anos de abolição, empurra goela abaixo na gente ideia de terem concedido a liberdade e condições favoráveis de sobrevivência nessa selva urbana, — colocando-se solidariamente em apoio aos que lutam contra o racismo. – cínicos! – gritou.

— Acredito que tudo começa pela sensação de indignação e absurdidade diante daquilo que queremos desvendar a partir de nossos interesses,- afirmou Heitor. Fazemos escolhas, esse projeto alcoviteiro não pode nos permitir sermos subjugados sem algum critério subjetivo e objetivo que cegue tanto, a ponto de amar quem nos maltrata.

- Veja — invocou a atenção de Pedro — o que está à nossa volta, olhe no que estamos metidos e perceba a disparidade de consciências das pessoas ao cruzarmos com elas? É possível enxergar nos olhos delas uma indignação peculiar ou alegrias eufóricas, para concluirmos teorias que tentam equilibrar a realidade. Faça o seguinte, imagine um trapezista sobre uma corda, no picadeiro. Pense que essas pessoas sejam o equilibrista, e a plateia uma determinada classe que espera ansiosamente e, de forma totalmente sádica, o tropeço e consequentemente a queda. Detalhe, não há rede de proteção. É assim que é possível ser visto como num espelho translúcido, o sadismo e o terrorismo cotidiano que vem sendo aplicados aos negros todos os dias. Há uma espécie de ordem estabelecida entre as pessoas, a qual uns dependem mais do que de outros. Esse imperativo em subordinar ao ser construído e estabelecido nos engaja em situações estarrecedoras porque nos indica o quanto os negros padecem. No entanto, - reavaliou Heitor, - percebendo a ilusão que estava fortalecendo em replicar o discurso que forjaram com destreza, igual, a sopa de letras misturadas para confundir -. Aliás, as lutas impressas visaram resistir ao sistema que foi estruturado para oprimir e subjuga-los, nesse sentido, - afirmou Heitor, - como explicar o sincretismo religioso senão como uma medida de resistência, defesa e transgressão ao que foi e, ainda é imposto?. Lembra do olhar de que falei há poucos instantes? Pois é! O que é possível ser feito para que sejam transformados? Alguns buscam saídas autobelicosas, a exemplo do alcoolismo e uso abusivo de outras substâncias psicoativas. O intuito é de amortecer as dores sofridas e que, o tempo, fez questão de marcar suas trágicas lembranças. Na outra ponta da reação, lutam e montam estratégias de sobrevivência contra aquilo que os genocida.

- É preciso ter muito cuidado para não confundir os lugares e situar no negro a condição de passividade e que, a liberdade, e os direitos conquistados com suor e sangue tenham sido dados pelo sistema como uma espécie de correção dos crimes que foram imputados. Não! Eles lutaram e construíram movimentos poderosos de reivindicação de direitos. – reagiu Pedro.

— As pessoas podem lidar de diversas maneiras com o que lhes atinge, as que são desprovidas de um repertório de base cognoscível não conseguirá encontrar facilidades no caminho, já não basta o sofrimento, a partir das intempéries da natureza e com a impertinência da velhice e da morte causada por doenças? – essa aflição com o intermitente conduz Heitor a situar na vida limites inevitáveis, - Você diz que é verdade, mas não se esqueça do fatídico relacionar-se com os outros. São justamente essas relações que causam, a meu ver, mais transtornos.

Não sou dado a otimismos panfletários, prefiro estar na realidade e dela extrair o que for para não me deixar levar nessa maré de crenças fáceis e guiadas por hábeis pastores do desamparo alheio. Se não tenho medo do que digo? Claro que tenho, aliás, é desse medo que busco forças para seguir em frente. A paixão por verdades absolutas freia o homem diante daquilo que lhe abriria outros encontros possíveis. É contra essa verdade, posta como inquestionável, que traço um caminho de descobertas difíceis e que me imputam olhar mais de perto, sabe, com lupa, tudo que foi passado como doutrinário — difícil, muito difícil, disse meneando a cabeça de um lado para o outro em sinal de confirmação.

Há um poço em que a verdade era bela e cultuada. Com o passar dos séculos, a beleza trouxe-lhe malefícios e tal qual uma tosse expele catarro, a verdade foi expiada e posta à prova. Como não havia quem pudesse defendê-la, sem que dela viesse à morte, passaram à mentira, a tarefa de vestir-se da fina flor e saísse por aí mostrando-se, tal qual a outra, porém , falseada. A mentira atormentada que é por saber que a pele não lhe cabe está sempre em possibilidade de erro. Diante disso, e irritada que fica, exagera. É nesse exato momento que a verdade encontra uma brecha e se revela. Alguns corajosos enfrentam seu brilho e diante da luz ou rateiam e buscam na mentira apoio, ou enfrenta o golpe e decidem seguir em frente pagando o preço pela subversão em busca-la. É isso — caro Pedro — prefiro pagar esse preço a ficar em dívida com a mentira, ela pede mais de si em nós e não estou disposto a viver dela, e sim, morrer, caso seja necessário.

- O saber é uma pequena morte! – balbuciou Pedro.

O quê? — perguntou Heitor — Acha que estou sendo fatalista? — sorriu de canto de lábios — Talvez — respondeu gesticulando as mãos mostrando as palmas demonstrando dúvida ou sarcasmo — Olhemos o lado positivo disso, posso seguir? — de forma meio irritada questiona sem esperar que Pedro responda, e como ele fez sinal com a cabeça expressando que sim, Heitor continuou prontamente — Ótimo, não esperava outra resposta. Não sou portador da verdade, apenas a acompanho. A história, sim, é quem à porta. Basta saber quem a recebe e consegue decodificar seu conteúdo. A individualidade da história é quem transforma a verdade em coletividade, uma espécie de pulverização de si em múltiplas vozes, em uníssono a contar a trajetória por onde ela passou e sem distorções.

— Isso me parece um pouco utópico — disse Pedro.

— Heitor, meio sem graça, respondeu, - utopiano, eu? sonhar, eis um verbo fabuloso. O que seria de nós se não pudéssemos sonhar? O que seria da civilização se não fosse a arte? O sonho e a arte nos salvam da destruição em massa. Aliás, sabia que Thomas Morus foi canonizado pela Igreja Católica em 1935, apesar de ele ter morrido em 1535? É o que dizem. Foi decapitado pelo Rei Henrique VII por não tê-lo reconhecido, simplesmente por ele ter se divorciado. Ah! Igreja de seus próprios pecados. Para os utopianos, a alma pertence à inteligência e a alegria que nasce da contemplação da verdade, quanto a isso me identifico. Contemplo a verdade. Acredito que não exista a noite e o dia, isso é apenas a distorção da luz causada pelo astro rei. Inventamos as raças — bradou Heitor — como inventamos a cultura e a religião. A criatividade seria brilhante se não a usássemos, também, para nos destruir. Dia e noite, branco e negro. Do dia, luz; da noite, escuridão. Como é sorrateiro o homem ao extrair do movimento natural da terra as antinomias das relações entre eles. O cinismo e o sorriso blasé definem esse caráter perverso das distinções. É dessa - fez sinal de entre aspas ao falar escuridão num tom objetivo de crítica - negra, que virá a translação revolucionária da terra envolvida pelo azul da cegueira branca. O pacto narcísico branco defende seus ideais morais e conservadores pelo temor em se dar conta de sua fragilidade. Ao reconhecer a força que existe nos excluídos precisam enfraquecer as potências com suas abjurações. Não me permito abjurar, posso dobrar e envergar, mas não quebro. Os que nos antecederam não quebraram, ao menos os que honraram de onde vieram. Outros, a exemplo de capitães do mato, se quebraram e ninguém, absolutamente ninguém os comenta na história. No máximo, uma nota de rodapé e pronto. O que verso não se converte, e não me converti e, não me converterei. Do lugar de onde falo, somente entramos ou permanecemos por identificação ancestral e não por conversão. Acha que fui duro com os brancos, que de mim somente se assemelham à cor? Duro é o que esses homens e mulheres passam por terem, no corpo, as marcas de exclusão.

- Entendo você — disse Pedro consentindo sua preocupação.

- Mas se eu negar essa raiva, - continuou Heitor - a transformarei em educação e, consequentemente, em obediência, já pensou no desastre que isso seria? Não quero ser senhor e nem escravo. Quero poder sonhar e agir para poder ajudar a recuperarem o que foi roubado, restituindo os direitos e gozos destruídos maquiavelicamente. Ainda somam-se 71% de assassinatos cometidos contra negros em relação a 29% de brancos. Imagine 19,1 milhões de pessoas com uma arma na mão? Um genocídio autorizado?

— Exatamente! - Interpelou Pedro.

- Lembra quando me perguntou se havia medo no que digo? O medo não poderá vencer mais uma vez, novas estratégias precisam ser articuladas, cada narrativa será uma voz a mais nessa empreitada.

Ouvir você falar assim, Heitor — disse Pedro — me faz lembrar da guerreira Dandara, esposa de Zumbi dos Palmares, ela disse que enquanto os leões não contarem suas histórias, os caçadores continuarão sendo os heróis. Por extrema angústia daqueles tempos de escravidão a seco, cometeu suicídio. Impressiona-me sua coragem e diligência mental em esclarecer e tentar mudar, mesmo que seja um pouco, o curso venenoso dessa história de lascívia pelo poder e exclusão das diferenças. Sobretudo, porque quando um se retifica, outros podem fazer o mesmo. Reconheço como disse Montesquieu — é preciso estudar muito para saber um pouco — continuou Pedro -, a ideia da ignorância como um projeto me assusta, e ver que muitas pessoas estejam buscando o caminho do pacto por leniência, com os novos senhores contemporâneos, ou seja, buscar benefícios ao invés de lutar pela garantia dos direitos adquiridos e que ainda insistem em sair de maneira fragmentada do papel. Existe um caminho árduo pela frente e a morte de uma mulher como Dandara não pode ter sido em vão.

- Não há solução ideal para essas questões e fico, teimosamente, a pensar como seria se isso fosse viável. O ideal é um senhor severo e com bastão na mão à espera de apenas um deslize, nos censura e recrimina e ao mesmo tempo nos impele e encoraja a seguir em busca daquilo, torcendo e retorcendo nossas existências e exigindo que sejamos fortes, sempre mais fortes para encontrar o paraíso de satisfação. Somente consigo captar disso tudo o fim de morte no encontro com a coisa. Essa persistência que tentamos acompanhar não é o ideal porque se o fosse todos, sem distinção, se beneficiariam, e de repente me pego compreendendo que os sinais de distinção se tornam o maldito ideal. – afirmou Heitor concordando com o amigo.

Com a crueldade em nosso encalço, é preciso não perder de vista o que podemos fazer para estabelecer construções de fraternidade, tendo em vista, claro, o não amolecimento de nossas convicções sobre o que o negro ou negra sofreram e ainda sofrem todos os dias. Sinto um peso em meus ombros, quando quero fazer alguma coisa que expresse uma autonomia naquilo que se busca, Pedro, ainda há certo mal-estar em mim, um quê de não aceitação dos corpos como potência diante do massacre histórico que foi imputado. Tudo parece insidioso e pastoso ao me tratar como uma pessoa igual. Cada vez mais têm tentado estabelecer condições menores no campo dos direitos civis e isso assusta tanto que minhas forças se convertem em instrumento de martírio e desânimo situando pouco a pouco um lugar de negação e rebeldia em mim. Sabe aquelas células que agem contra as nossas próprias defesas, aumentando os riscos de contaminação e sofrimento físico? Uma espécie de imunodeficiência ou desordem do sistema imunológico pela incapacidade de se estabelecer uma defesa efetiva aos desafios que nos são apresentados. Minha mente me impõe isso todos os dias e estou muito cansado ultimamente. O sono não restaura, e o dia ofusca minha sensibilidade. Essa sensibilidade incomoda bastante minhas reações, - foi o que sempre ouvi. Outro dia mantive uma conversa com uma mulher, linda por sinal, pelo menos para mim, em que ela me confessou que ficou durante anos se sentido horrível por não ter um corpo ideal, por justamente não apresentar as características de uma mulher com olhos azuis, já imaginou isso? Já está adulta e somente agora, a partir desse encontro, é que sentiu que devia falar. Precisamos falar mais sobre isso porque o silêncio adoece. É sobre esse peso que me refiro ao lhe dizer de algo que me ataca de dentro pra fora e que só foi possível graças a não dizê-lo. Esse silêncio é o produto da maquinaria das Moiras e que se reverbera incessantemente. Tempo que me antecede e a muitos que, como nós, foram antecedidos.

— Incomoda falar disso? — perguntou Pedro.

— É claro que sim — respondeu Heitor com a certeza da aflição que é se abrir para o outro — por pelo menos dois motivos que são menos dificultosos de ser dito nesse momento. Um, versa sobre o poder, e o outro sobre o que esse mesmo poder inoculou sem ao menos que me desse conta. Não tomei consciência que isso estava crescendo e estabelecendo suas condições, severos termos, cláusulas, parágrafos, emendas, artigos e leis constituídos pelo poder. Como você sabe, gosto de matemática e numa dessas exposições sobre a teoria dos conjuntos fui fisgado por um olhar incandescente e que me pareceu ter críticas sobre o assunto, não ficou claro que essas questões envolvessem um domínio do conteúdo lógico matemático, mas outra coisa, algo como a equação não encaixar. Perguntei pra ele — um jovem rapaz que tinha em seu corpo os signos de sua indignação — o que queria me dizer com aquele olhar, se seria a exposição da aula ou a metodologia, a resposta não veio de bate e pronto, muito reservado, foi soltando aos poucos suas impressões e me dei conta de sua reflexão. Não sobre a matemática, mas da lógica de crítica à sociedade. Existe no conceito de conjunto a interseção, porém, antes de mencioná-la, deixe-me fazer um breve e genérico esclarecimento. A teoria dos conjuntos forma o que é chamado de relação binária entre um objeto e um conjunto. Uma relação binária derivada entre dois conjuntos é a relação subconjunto, ou seja, estar contido. Você deve lembrar quando estudou este assunto, lembra? Que bom — ficou satisfeito por Pedro não ter esquecido — Lembre-se de que, se todos os elementos do conjunto A também forem elementos do conjunto B, então A é um subconjunto de B, ou seja, (1,2) é um subconjunto de (1,2,3).

— O que pretende mostrar com isso? — perguntou Pedro intrigado.

— Um conjunto é um subconjunto de si mesmo, entendeu? Perfeito. Pelo que vejo sua memória é boa.

O que aconteceu com ele foi o seguinte, ele ficou intrigado porque se lembrou de acontecimentos racistas, desses que assistimos quase todos os dias, se não quase todos os dias, e que ele se viu dentro da explicação. A interseção é o mesmo que unir os elementos que compõem os conjuntos, dessa forma, ele fez alusão ao encontro entre negros e brancos que contrariam o sentido dado pela matemática e ficou aflito e disso extraiu a explicação que envolve tanto as classes sociais, quanto as relações entre pessoas de raças diferentes. Como pode ver, a indignação dele faz sentido e explicou seus motivos a cerca dos sofrimentos que tem vivido. Mas o que me deixou mais revoltado foi o fato de ele se sentir excluído dessa operação e como ele interpretou isso sem comutatividade possível que visasse à igualdade dos termos de forma justa e não sobreposta!. Percebeu que a cada dia a separação tem crescido em estigmas e que, tal qual a teoria, é a vida e suas vicissitudes excludentes que contrariam a percepção dos fatos raciais e que deflagra a triste compreensão que nem sempre A está contido em B, e isso o atingiu em cheio, como a mim também. Pode até parecer um cálculo absurdo e que signifique uma maneira de ver as coisas secas demais, mas, é a seco que engolimos os signos das diferenças amargas e difíceis de tragar. Acusa-os de grosseiros, isso provoca impressões curiosas quanto a serem ou não civilizados o suficiente para atingir espaços de prestígio e respeito. Na pirâmide da vida sempre estão na base excluída da importância, porém, necessária na estrutura que segura tudo que vem em cima e, o que buscam, é horizontalizar as relações de poder.

Ser visto como forte e prestativo tem sido uma rotina dramática e lancinante nesses últimos dias de tomada de consciência, sou engolido pelo mal-estar de me sentir estranho e exótico nas ideias e nada me convida a lateralizar os pensamentos que me invadem no instante, quase pontual, de aliviar um pouco, pelo menos um pouco, das verificações constantes em espiar o vazio e que sem paciência vou levando dia a dia num verdadeiro umbral do aqui e agora.

Fazer de mim um arremate de quilombo solidário não traduz suficientemente as batalhas que travo em meu campo mental, aquela compulsividade pelo silêncio tem perdido força e tem existido um grito, ainda balbuciante dentro do peito. Sinto-me, ainda, respirando em baixo d'agua e que, somente subo à superfície quando me é confortável e seguro para respirar, evidentemente. Considero pouco provável que alguém se permita sumir por tanto tempo encerrado dentro de suas próprias convicções, corre-se um risco enorme de cair em certezas absolutas e tirânicas. Há, e sei bem sobre isso, várias causas e múltiplas formas inconscientes de não saber lidar com elas, a cada repressão sofrida ou autoimputada existe também estratégias pitorescas ou sublimes no manejo torto ou reto com aquilo que enfrentamos. Como disse anteriormente, ao falar das relações com outros, e os desafios em tentar dominar a natureza e a morte. O primeiro, a meu ver é o mais lindo e terrível da existência e, o caráter peculiar desse transitar entre outros corpos é o que nos vai moldando, fazendo e refazendo no infinito de mar sem fim. - Pedro sentiu que precisava interpelar Heitor com o intuito de ajuda-lo a entender que nada nos move sem que estejamos atentos nas relações, que são inevitáveis, e inclusive saudáveis, até porque sem elas as coisas se tornariam um fardo sem sentido a se carregar, e que é somente a partir delas que podemos encontrar e nos encontrar no instante frenético dos olhares percebidos, nas falhas de nossos discursos e nos gestos que dão forma à intensidade nas palavras ditas.

- Não adianta em nada esse fechamento na obscuridade da clausura, a alteridade se fará presente mesmo sem a presença física de alguém— disse Pedro em tom de advertência — Lembro-me de uma reflexão que os negros falavam nos tempos em que o prato de comida e o chicote faziam parte das refeições — continuou. — Sempre havia o chicote para lembrá-los da condição de sub-humano ou subconjunto nesses momentos de descanso e saciação alimentar. Os mais velhos contavam essa reflexão como se conta uma história, quero passar isso pra você que é um amigo, e, por isso, tenho muito apreço. Se aproxime pra que a gente possa ficar mais confortável, sente aqui do meu lado — Pedro, quando percebia que o outro dispendia paciência por ele ser um tanto quanto sisudo, tornava-se generoso e, até carinhoso — As possibilidades de traição estão à espreita quando nos envolvemos, isso não é nenhum segredo. Há coisas na vida que não deveriam acontecer, mas acontecem justamente por sermos civilizados. A civilização é o nosso mal e desgraça porque exige de nós esforços de convivência, muitas vezes, sustentados em falsos compromissos desde um contrato de trabalho ao casamento. A confiança chancelada por assinaturas e testemunhas revela que somos capazes de passar a perna no outro a qualquer momento cobrando impostos emocionais altos e desagradáveis. É comum tratarmos certos amigos, inclusive, como se fossem instituições reguladas por instâncias maiores que nossos afetos — sem mais a dizer nesse momento, encerrou o assunto convicto que Heitor compreendeu sua mensagem.

Capítulo VII

A Crepuscular Impaciência

A chuva caia fina naquela tarde de céu cinza e de horizonte encurtado pela cortina crepuscular. Uma impressão de bem-estar surgia em meio ao entretenimento da natureza que insistia na demonstração de bipolaridade nas mudanças de humor, o temperamento inconstante se mostrava agressivo e suave, fez cair do cinza gotas mais densas e constantes inundando tudo numa velocidade relâmpago. Heitor gostava daquele clima, acreditava que esses fenômenos eram formas de grito da natureza diante das tentativas de dominá-la.

Há pessoas que são meios fios e outras ribanceira. Essa cachaça amarga é preciso ser bebida sem paciência, porque de paciência já estou suficientemente irritado e embriagado — desabafou Heitor aos conselhos que Pedro deu — Não estou irritado com você, meu nobre amigo, mas com as circunstâncias que impõem cautela demais. Quando estou com pressa, sei que posso tornar-me inimigo e bem-feitor dos meus desejos a qualquer momento em que sou demandado, é que a urgência em sair do silêncio me apresenta outros silêncios, justamente devido ao querer apressar o passo diante daquilo que me esmaga. A expectativa de vida que envolve os negros e, muitos nessa estatística, são meus amigos, está em constante risco, devido à violência que os envolvem e quando se expõem ao sair de suas casas, seja para ir ao trabalho ou desfrutar com amigos do véu da noite, as ameaças são como corvos à espreita. Não lhe é permitido a diversão sem o temor da censura iminente nas encruzilhadas por onde passam, a não ser que, com a proteção de seus companheiros místicos, façam sobre eles a proteção necessária que conduza seus caminhos, livrando-os das maldades daqueles homens da lei, outrora encarregados de nos servir e garantir segurança. Infelizmente, isso está à margem dos meus sonhos e convertem o oliva das vestimentas em capitães do mato selvagens à procura de sangue e estatística de limpeza social dos corpos excluídos. Esse risco que seria comum a qualquer pessoa que vive, é potencializado, em se tratando dos que estão em posição de diferença às opiniões contrárias ao padrão estabelecido. Ora, me entenda — pediu calma e retidão a Pedro — não estou fazendo alarme desnecessário sobre o assunto, apenas revelo as condições de vida que são impostas pelo sistema de poder que teima em viabilizar positivamente a excrecência daqueles que, historicamente, sempre quiseram a obediência mortal ao pretender aniquilar existências. Por isso, acredito que cada pessoa que se preze é um território de resistência diária às opressões imputadas, o que espero ao lhe dizer isso é que existem movimentos de lutas crescendo dentro dos espaços de poder para não se permitir ao silêncio compulsivo que me torna um traidor das questões fundamentais, na busca por melhores condições de convivência.

— A civilidade, por exemplo, significa o quê pra você, caro amigo? - Perguntou Heitor.

— Pergunta interessante e difícil de responder — disse Pedro — até por que existem muitas variantes sobre o mesmo conceito, mas não quero nesse momento fazer construções alongadas e cheias de delongas. Prefiro tentar ir direto ao ponto. Considerando que a civilização seja um mal necessário, a entendo a partir dos seus interesses majoritários, ou seja, controlar os ímpetos individuais para que haja uma regulação dos acordos firmados em nome de um bem-estar social amplo. No entanto, em nome dessa regulação, se estabeleceram repressões que visam, a meu ver, única e exclusivamente dominar uma parcela específica da população com o objetivo de exploração. Não quero ser preconceituoso, aliás, essa é uma conversa entre amigos, e sabemos que podemos confiar um no outro ao tratar de assuntos pessoais e sistêmicos, mas há certo desencantamento espinho nisso tudo, e um caráter peculiar nos interesses por trás dos discursos hegemônicos. Não acredito em unanimidades. Toda unanimidade parece conter algo de burrice e caráter segregador. Existem formas diferentes de condução da vida que não se coadunam com a moral dos costumes pre-estabelecidos e determinantes. Outro dia, conversando com colegas, ouvimos uma história bastante interessante e cabe em nosso assunto como descrição sobre sua questão. Antes de tudo, é preciso que você me garanta discrição e sigilo sobre o que irei lhe dizer, por amor à ética, isso não pode sair de nossas bocas e ouvidos. O fato ocorreu há uns três anos e se deu num ambiente de cristandade, isso foi o que mais me convocou à atenção, justamente devido a esse submodelo repressivo que faz as pessoas acreditarem em ilusões perigosas à suas vidas. Uma garota decidiu se converter a uma religião, até aí, tudo mais ou menos bem, vamos lá. Antes de isso acontecer, ela estava namorando um rapaz e o sexo entre eles não era um tabu ou algo parecido, pois bem. A partir da conversão, tornou-se.

— Tornou-se o quê, perguntou Heitor.

— O sexo, Heitor — respondeu Pedro com ironia.

Essa prática entre os dois somente deveria ocorrer depois de passado um determinado tempo, dois anos se não me engano, até o casório ser uma realidade. Durante esse período, seu namorado, também se converteu, e isso o deixou agoniado porque o sexo era uma maravilha e ele adorava esse encontro de corpos apaixonados, acontece que ele não estava mais suportando ter que renunciar a um prazer tão poderoso em sua vida em nome de uma promessa em que seu futuro estava em jogo, e enamorou-se de uma jovem mulher, que tal qual ele, era interditada e que não nutria nenhuma intenção secundária, a não ser amizade. Essa garota o chamou e disse que ele precisava parar de investir em algo que não poderia ser correspondido, e disse mais, em nome do respeito que lhe tenho — disse ela— é melhor que isso aconteça, pois já estava perdendo a paciência com tamanha impertinência. Meu caro amigo Heitor, a vida não é simples. Esse rapaz, no dia-a-dia de sua vida, passou a apresentar crises de ansiedade e sentiu necessidade de falar com o líder de sua religião. Chegando lá, expôs que devia está sendo objeto de algum feitiço ou malefício proveniente de forças obscuras, e que não sabia mais o que fazer. O líder em questão fortaleceu o discurso de feitiçaria e o orientou a se afastar o mais rápido possível de amizades que pudessem estar propagando forças malignas, e que, preste bem atenção, nada disso que o estava acometendo tinha a ver com sua devoção e obediência aos desígnios admitidos. Essa pessoa procurou especialistas na área psicológica e nada foi constatado como fenômenos paranormais e sim, que ele, diante de tamanho empenho em reprimir o desejo por sexo, estava deslocando para outra pessoa o mal autoinfligido, e o alertou, além disso, que podia deixar a amiga em maus lençóis, já que se tratava de uma mulher casada. Então, como pode ver, essa é uma das faces negativas da civilização e das fábricas de moralismos hipócritas em que a sociedade está submetida. Mas, e agora, o que esse rapaz iria escolher? Voltar a transar com a noiva e se deleitar de prazer ou fortalecer o laço de obediência aos preceitos de sua religião? Ele escolheu a obediência, e por que fez isso? Porque percebeu que a religião colocou essa restrição sobre as suas possibilidades de obter felicidade secular, e sua única opção tornou-se a encontrar prazer em sua submissão incondicional a sua crença. Isso não quer dizer que aconteça com todos aqueles que depositam fé em algo transcendental, e sim na forma com que são conduzidos para isso.

Outra questão que gira em torno desses problemas é o que vimos discutindo ao longo de nossas conversas e que diz respeito ao processo de seleção e exclusão das pessoas negras. Ora, não temos como nos colocar no lugar delas para poder descrever o tamanho do mal que essas pessoas sofrem em suas cotidianidades — como bem disse Guilherme.

— Você, Heitor, não se considera racista?

De bate pronto, Heitor percebeu que a resposta mais fácil seria dizer que não, mas alguma coisa embargou sua voz antes mesmo que pudesse ganhar som e palavras. Como num filme, ele rebobinou a fita e observou nas imagens que iam surgindo em fleches, as lembranças de tudo que ouvia a respeito disso. Mais uma vez o silêncio cobrou o pedágio para a passagem da fala e o emudeceu. Simplesmente não sabia o que dizer, aliás, a resposta fácil teimava em não querer ganhar expressão, ficou ali, contida, amarrada e amordaçada. Essa tortura, ele já sabia como se manifestava. Sentiu suas mãos suarem, o peito comprimir e a vista escurecer. Imediatamente, Pedro interrompeu aquele olhar perscrutador, e viu seu amigo na vertigem dos pensamentos inibidores e se preocupou com essa reação. Para Pedro, Heitor vinha demonstrando através de seus questionamentos uma capacidade de absorção da dureza das coisas percebidas, que não deixavam muita margem para fraqueza ou algo parecido, ledo engano. Ao cair no choro dos desesperados e com a voz aprisionada no silêncio costumeiro, não quis, mesmo mediante a angústia, deixar de enfrentar seus monstros construídos, pedra por pedra, no caráter velado e discreto da insensatez e discriminação que, independentemente de ser direta ou não, machucava e oprimia seus diferentes. O cuidado era sua marca registrada no trato social com todo mundo, exceto quando se tratava de conhecer pessoas negras. Cresceu ouvindo que eles não prestavam, a não ser para serviços de tração animal ou para uso doméstico, e que eram muito erotizados. As mulheres quentes e os homens com pênis avantajados e hipersexualizados, que tinham modos de educação, costumes e valores baixos e que eram um transtorno para a sociedade ao se posicionarem na busca por aquisição de direitos e espaços de poder, e que sempre carregavam consigo o estigma de ladrões em potencial. Na adolescência, no bairro onde morava, passou por uma situação que o deixou constrangido, porém, não sabia, ao certo o que aquela emoção significava. Heitor estava em companhia de uns dez amigos e um deles armou um encontro com a empregada que prestava serviço na casa. Todos foram a esse encontro, que para eles, era corriqueiro, mas pra Heitor, não. Ele nunca havia experimentado situação similar e ficou curioso com esse encontro. Foram à casa desse amigo e começaram a transar com ela, um após outro. Heitor decidiu não ir e foi acusado de ser fraco — sinônimo de viado para muitos e — que uma oportunidade como aquela poderia não acontecer outra vez. Cabisbaixo, e tentando sair do que havia se metido, passou a estudar uma forma de entender como aquilo foi possível e o porquê daquela jovem moça ter se submetido àquele cenário grotesco e colonialista. Não tinha acesso fácil à internet no ano em que isso aconteceu, e precisou descobrir por meio de livros de história o que significava e qual sentido, tanto para os amigos bem quanto para a moça que foi objeto daquele episódio. Alguma coisa precisava ser feita por ele com a finalidade, também, de recuperação da dignidade moral diante dos amigos, foi aí, que entrou outro caroço a travar Heitor. Qual era a necessidade de ele mostrar que não era fraco? Pronto, o jovem rapaz estava começando a buscar caminhos fora da ignorância para se legitimar como pessoa, independentemente de rótulos e diagnósticos e outras determinações sociais daqueles tempos de puro cinismo social no qual estava imerso até o pescoço.

O traço que o distinguia dos demais estava impregnado de questões que o retirava do cenário comum onde vivia. Só o fato de refletir sobre esses assuntos, era o suficiente para ele perceber que a sensação de superioridade dos seus amigos, dizia respeito aos velhos sinais de distinção, mesmo estando entre pessoas que tinham na pele, a igualdade nojenta de condições. Todos eram branquinhos e filhos da baixa classe média. Aos poucos se distanciou do convívio tóxico e se dedicou aos livros e a estabelecer laços com quem pudesse acrescentar conteúdo e forma mais interessantes, já que o discurso superficial não mais respondia aos seus anseios de transformação que tanto almejava. — Após um silêncio enorme ter se estabelecido mediante as lembranças que o invadiram, traçou um caminho para responder àquela pergunta tão perigosamente feita.

— Pedro, a vida parece uma sinuca de bico. A bola está entre as bordas da caçapa e à beira do buraco, um erro, e lá se foi a chance de ganhar o jogo.

—Tudo é um jogo? Acredito que não, — afirmou Pedro convicto — se o fosse, estaríamos jogando nesse exato momento em que conversamos. Isso seria chato e demarcaria uma tentativa constante de nos mantermos em competição estéreo, um deserto de possibilidades em que nossa expressão perderia espontaneidade. A espontaneidade é um perigo para quem tem algo a esconder, não acha? — Pedro continuou a desafiar Heitor com perguntas delicadas — Querer frequentar as coisas simples era um sonho distante e a cada dia se tornava, devido a isso, um ritual de afastamento ou anulação. O tempo ia passando e Heitor deflagrava que estava amando os ideais mais do que a si mesmo, uma espiral engolia todas as miudezas de um cotidiano marcado por expectativas de dias melhores. Envolvido demais com seu mundo interno, não se dava conta de que a solução pudesse estar próxima o suficiente para fazê-lo enxergar, em outro ritmo, o balançar suave que a vida deve proporcionar àqueles desprovidos de ambições esmagadoras e exploradoras. Ele queria o simples, apenas isso.

Essas ideias passavam por sua cabeça, mas, em seguida, perdiam força. Era como se algo não pudesse se fixar e gerar ações coordenadas e a estranheza, peculiar a tudo que se dissolve quando não se implica, o fazia repetir o mesmo repertório de sempre, pois, entendia ser mais seguro do que imprimir mudanças sem ao menos prever o que lhe aconteceria.

— Seguro de quê? — Perguntou Pedro.

Considerava as ideias de seu amigo fumegantes e repletas de paixão e potência de vida, mas não entendia o que o freava nesses momentos em que a lucidez apontava sua flecha diante das soluções cabíveis.

— Um desencantamento — respondeu Heitor com tristeza nos olhos e passando repetidamente as mãos nos cabelos.

Suas crenças tornaram-se vazias de sentido ao se deparar com o familiar das ilusões tatuadas na história das coisas criadas para não cair no nada. O que Heitor não sabia é que ele estava a um passo para esclarecer a falta de sentido que o sacudia. O encantamento das ilusões ou crenças, como ele mesmo se referiu, fortalecia seus laços com o mundo. Um mundo cheio de contradições despercebidas e situadas na superficialidade das impressões. A curiosidade de Pedro beirava a diligência dos bons detetives que se apega aos detalhas sem comunicar ao interlocutor suas intenções, ele fazia Heitor falar sem se dar conta de que estava entrando num caminho sem volta. A ignorância poderia se tornar uma opção, mas o inquietaria sem limites e ponderações, justamente por se tratar das exteriorizações não identificadas por Heitor na estrada torta e esburacadas típicas dos que evitam caminhos fáceis para chegar a lugares menos movediços. A tutela de sua existência estava transformando a resignação em compromisso, e as escolhas, as temidas escolhas, se desfaziam dos apontamentos ditados pelos outros e emergia das profundezas de sua carne mental, exigindo resolução e paragens com menos forças contrárias. Ao mesmo tempo em que buscava, no esclarecimento, o que vinha ocasionando seu desencantamento, se deteve na bifurcação dos pés trocados diante das incertezas que o futuro lhe reservava. O avesso da infelicidade martelava a ideia pulsante do que estava por vir, após demasiada inconstância do vivido, perguntava-se sobre a felicidade ser um lugar comum ou não das vicissitudes dos desejos em contrário, aliás, por mais que se fizesse presente a urgência de estar bem e fazer o bem, sempre aparecia um pensamento intruso e impertinente a lhe azucrinar o juízo em paradoxo com o que era por ele pretendido. O mecanismo das intervenções não racionais contrariava a lógica dos costumes que queria ter, em detrimento dos ideais que lhe foram transmitidos nas bolsas de sangue da história, adotadas como condição inevitável de sua vida. Tudo que havia aprendido o estabelecia em unidade, em que a instabilidade de sua dialética promovia impermanências no fechamento de sínteses. A crença teimosa não dava trégua e seus movimentos pensados cumpria a ordem imperativa e impiedosa da cena carcerária e enquadrada que o mantinha preso dentro do seu corpo. A sensação era de estar num escafandro a trezentos metros da superfície. Lentos, muito lentos nos movimentos. Um típico pesadelo onde se tenta acordar e não consegue. Essa perda da capacidade de agir refletia o ar denso das coisas que existiram antes dele e insistia na determinação dos passos trôpegos que queria dar. Um passo apenas e seria o suficiente no encorajamento ao passo seguinte, o problema estava nesse primeiro andar, o degrau alto e imponente transformado em parede perdendo a simplicidade do gesto para a escalada no ar rarefeito que sempre o oprimia. Apesar disso tudo, ele sentia uma chama bem pequena de alegria, mesmo que ainda não vivida, mas que tal qual previsão do tempo, o possibilitava sair com o guarda chuva, no bornal, em dias de sol. A mesma teimosia descarada da repetição dele se figurava em esperança, fazendo-o seguir a pequeninos suspiros, entender o sentido do caminho traçado e do caminho a ser seguido. Argumentava que se houvesse a possibilidade de esclarecimento sobre tudo, o triunfo do caos o arrasaria, posto que seu ser, em desacordo com a moral, o poria na ética de seu desejo.

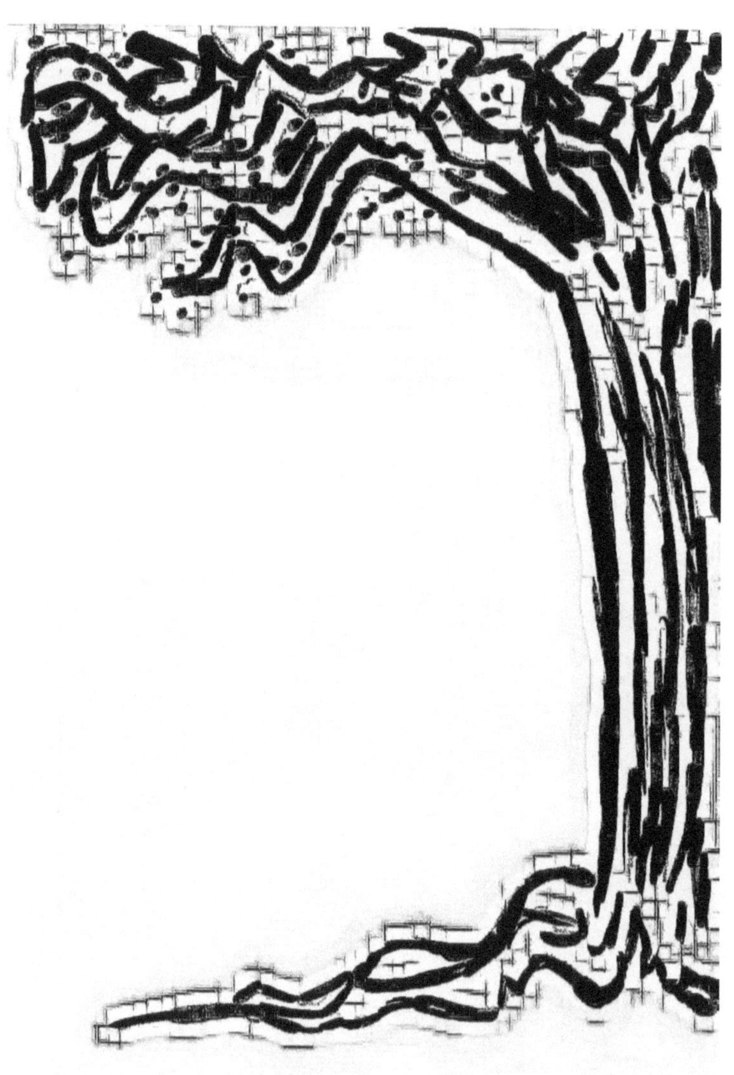

Capítulo VIII

Ao Entrar Abandone Todas As Esperanças

Parado ao semáforo, lembrou de ter lido uma referência em um dos livros que gostava de ler que dizia a seguinte frase de Sigmund Freud — um dos maiores pensadores do século XX e que representou uma das maiores quebras de paradigmas da história moderna — Decidir quando é mais adequado controlar suas paixões e curvar-se ante a realidade, ou tomar partido delas e opor-se ao mundo exterior. Constitui a essência da sabedoria de viver — Curvar-se ou opor-se, eis a questão que o inquietava. Uma parada no sinal vermelho o alertava sobre o silenciamento, a sensação era de expulsão, caso não se fizesse presente o caráter de indignação tomar fôlego e seguir contra o refluxo anônimo de suas ideias embrionárias sobre essa necessidade de discriminação e consequente distinção entre as pessoas. No caminho de volta para casa, sentiu que precisava fazer um desvio em direção a uma livraria, acreditando que, lá, poderia encontrar um livro interessante a ajudá-lo nessa jornada ao paraíso do conhecimento. Entrou sereno e vasculhou as prateleiras sem pressa, e, diante de tantos autores, decidiu pegar aquele que demonstrava entusiasmo. O livro se chama Dialética do esclarecimento de Adorno e Horkheimer. Procurou uma cadeira e mesinha, sentou-se e pediu um café expresso médio, açúcar e um biscoitinho levemente adocicado. Como somente havia lido a síntese na capa do fundo, não sabia, ao certo, se gostaria da leitura, e como o livro estava envolvido pelo plástico receou, em abri-lo. Havia feito isso outro dia, e o livreiro o advertiu que, retirando o plástico teria, que comprá-lo. Ajeitou-se na cadeira, e tomou, em goles tensos, o café e, a cada levada da xícara à boca, pensava sobre a decisão a ser tomada, tirava ou não o maldito plástico do livro? Mas como o costume faz o homem, Heitor não abriu. Após o café ser tomado e de ter comido o biscoito, levantou-se, seguiu em direção ao caixa e o comprou. Permanecia sem romper a barreira da indecisão, mas sentiu-se satisfeito com o gesto da compra apesar de não tirar a embalagem do produto. A embalagem sempre o remetia à proteção e defesa, estratégias parcialmente sabidas e que evitavam desagrados e exposições complicadas demais para serem reajustadas.

Precisava ler o que estava escrito naquelas páginas sem, ao menos, saber aonde poderia encostar seu corpo e iniciar um novo momento. Vasculhando no GPS de sua memória, encontrou um lugar sem conforto, porém, bem arborizado. Apesar do ir e vir de pessoas fechadas em seus mundos particulares e rodeadas de fios brancos que saiam de seus ouvidos em direção ao bolso das bermudas ou calças de corrida, a distração era mínima e não o impediu de aproveitar o instante de saborear, entre tantos mundos individuais, o seu próprio mundo. Sobre uma árvore sem frutos, aterrissou sobre um mato baixinho e apoiou-se no tronco de cascas espessas às costas, e, finalmente, rasgou o plástico que envolvia o livro e começou a lê-lo. Passou a tarde inteira digerindo, palavra por palavra, as frases repletas de efeitos esclarecedores, desnudando o véu hipócrita da sociedade que, inevitavelmente, ele fazia parte. Parte sim, mas parcialmente — disse Heitor de si para si — Havia essa necessidade de se destacar das coisas abjetas que se infiltravam sorrateiras, em pensamentos velozes que mais pareciam parasitas do que ideias voluntárias. Essa invasão bárbara que o acometia de tempos em tempos eram oportunidades sofridas de reflexão sobre seu silêncio e possível declínio do império herdado de sua cultura familiar. As intermitências dos conflitos oriundos das relações inevitáveis, fazia-o perceber o caráter obtuso da necessidade de esclarecimentos e, que o atingia em cheio nos arremates da ignorância mantida pelo silenciamento das revoltas e, indignações não ditas devido ao mal-estar dos desagrados desnudados. Esse desnudamento previsto estava centrado em sua consciência que ainda não ganhava forma concreta, ou seja, tomado pela palavra que poria em ação tudo que se passava internamente, havia a ignorância como obstáculo e as paixões da vaidade a serem compreendidas para que, ao exprimir-se, conseguisse saber se defender dos julgamentos ou críticas no cotidiano das relações. Em muitas circunstâncias é possível encontrar pessoas e, inclusive Heitor já fez isso, se entre olhando quando avistam um homem, negro, magro, vestindo roupas que representam outros grupos de pertencimento como happers usando camisas e calças folgadas e boné de aba quadrada serem confundidos com ladrões em potencial. Isso foi possível graças ao sistema ter sido estruturado de modo a fazer distorcer o status étnico de pessoas comuns e, que gozam de seus direitos fundamentais, tais como a liberdade de livre expressar-se, de pessoas brancas ou negras pré-dispostas ao crime.

Em muitos momentos, acreditava na possibilidade de viver poucos laços, pois assim, o devastador teria menos capacidade de destruição dos ideias que o permeavam. Com o livro na mão e a cabeça na outra, o corpo deslocado da razão, o que imperava naquele exato momento eram os sentidos. Soube, a partir da leitura, que fazia parte de um jogo sujo de poderes situados nos detalhes das propagandas modeladoras de comportamentos e atitudes de consumo, e que não se consumia somente produtos, mas também pessoas, histórias e vidas, - muitas vidas. Quantas vezes se viu consumindo a paz dos amigos com suas questões e consumido pela respostas com poucos argumentos significativos? Essa finitude da realidade tornava insatisfatórias as buscas pelo total de suas demandas, colocando-o numa posição agonística sempre que precisava do outro para ampará-lo. Em voz baixa e engrossada pela saliva seca dos que constatam a idiotia própria disse — sou uma mercadoria!!! E nesse rompante de lucidez, viu o horizonte menos cabuloso e obscurecido da cegueira e das formas do falso que o circundavam com dentes enormes e garras afiadas. Esse terror pânico do mundo fora da caverna, assustava-o, até quando via a própria sombra. Quis interromper a leitura e caminhar um pouco para processar o que tinha visto até aquele momento, mas o desejo de continuar era tão forte quanto a vontade de largar o livro e deixá-lo abandonado para que outro infeliz tivesse a petulância de abrir suas páginas e sair do estado inerte de ser objeto do lucro das empresas que regiam vidas. Mais uma vez a dúvida mostrou-se forte e cruel com as pseudo decisões impulsionadas pelo subversivo que havia nele. Rendeu-se ao silêncio mais uma vez. Depositou entre as páginas o marcador e calmamente, o fechou. Isso lhe deu a sensação de poder que precisava e, encerrado com os olhos em direção ao horizonte, puxou as pernas para si, as abraçou, respirou fundo e observou o sol, deixando-o naquele crepúsculo para, em seguida, dar lugar ao feminino da noite. Os mosquitos entraram em cena e roubaram dele aquele momento único e belo, precisou levantar-se, e, como estava sozinho, puxou seu próprio corpo com as mãos, sacodiu a areia e ajeitou a roupa e cabelos, respirou fundo e saiu para caminhar um pouco. Não queria ter que pensar no que leu. A mente já funcionava em marcha lenta e necessitava abrir espaço para o vazio, e contemplar somente o cheiro das flores e as formas das árvores que estavam no trajeto. Foi interpelado, algumas vezes, por outros transeuntes que faziam atividade física, com palavras educadas de boa noite? Para alguns respondeu, a outros fingiu que não existiam. O saco estava até a borda das educações forçadas e entediantes, o crepúsculo era implacável.

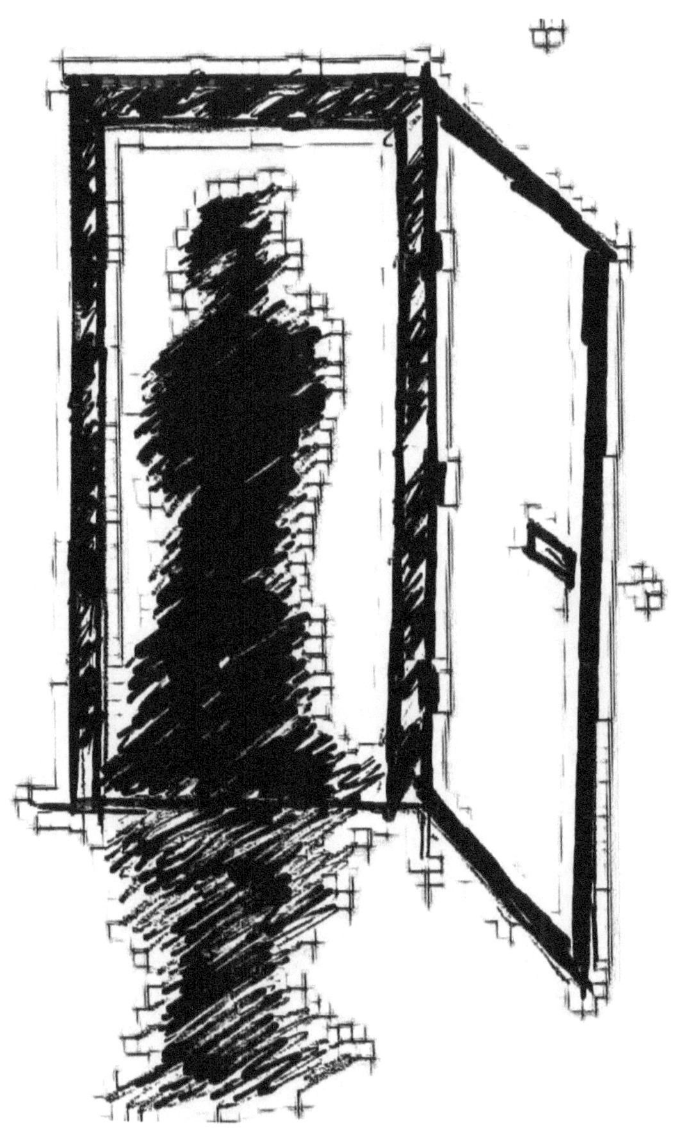

Capítulo IX

O Desenho Torto Do Tempo Lógico

O tempo mantinha-se incólume, e Heitor se irritava com essa indiferença doída. Comparava-o a uma consulta médica em que o paciente passa seis meses esperando por aquele momento, e o médico passa apenas cinco minutos sem olhar para o rosto do pobre coitado à sua frente. Preenche um formulário e pede que, antes de fechar a porta, chame o próximo esperante e ainda tem a cara de pau de dizer: por favor! O tempo tinha a silhueta de médico, e chegar a essa conclusão o fazia evitar hospitais como medida estratégica de driblar o tempo. Inclusive, seu próprio tempo estava passando, e os sinais da morte das células indicavam que seu corpo estava perdendo tempo na resolução dos seus problemas. Retornado ao espaço em que os móveis estavam situados em conformidade com suas ideias inconformadas, foi ao banheiro com passadas reticentes para se olhar ao espelho pregado dez centímetros acima da torneira da pia e olhou-se com ar desconfiado. Não havia muitas mudanças, mas alguns detalhes acenavam com sorriso de canto de boca para sua face original. Sorriu, meio sem graça, com a intenção de verificar se no canto dos olhos apareceriam as famigeradas rugas de expressão, e algumas lhe sorriram com todos os dentes à mostra. De repente, esqueceu-se de seu rosto e dirigiu as mãos ao rosto do espelho para sentir as ondulações malfazejas que sua pele estava produzindo. Fez um sinal de negação com a cabeça, pois a pele estava lisinha, não demarcava ondulações ou coisas parecidas, isso o deixou angustiado, pois não se reconhecia naquela pele estranha, sem três D, por dizer assim. Ele havia se transportado para aquela imagem sem rugas e pregas, em que a sensação, ao toque, mostrava claramente que seu engano ia à contramão do tempo. Por um instante, sorriu, em seguida, as gargalhadas tomaram conta do ambiente, e além das pregas, sua boca não existia mais. O que estava no lugar era o som frenético das gargalhadas descontroladas a estrepitar os cômodos incômodos da topografia de seu lugar.

Esse lugar abstrato dos pensamentos em que as atitudes eram pedras envolvidas em limo espesso, dificultavam sua locomoção entre os discursos cheios de sentidos beligerantes a balbuciar em seus ouvidos separados pelo rosto líquido que ficou pregado no espelho de suas emoções. A familiaridade, com sua estranheza, vencia as oposições de seus ímpetos secretos de discrição e evitação constante nos debates sobre as narrativas que o cercavam. Nada era sólido o suficiente para demovê-lo do escafandro das inibições pelo receio de cometer erros nas continuidades das palavras pelas bocas das pessoas que admirava pela coragem e capacidade de desprendimento ao emitir suas opiniões nos assuntos densos. Cercava-se de proteções imaginárias e da educação aprendida durante os anos de vida que o marcavam a ferro e fogo. A cada ouvida sentida, correspondia uma dor subsequente, o fascínio e admiração o cegavam no entorpecimento dos hálitos sábios a proliferar atos medidos na palma das mãos e o fazia estremecer de excitação suficiente, para mais uma vez colar os lábios e ranger os dentes pelas oportunidades passageiras em exprimir e, não espremer, suas ideias em chorume. Sem interlocutor ideal, seguia as trilhas deixadas pela história pessoal acreditando que somente seria através dela que atingiria o apogeu do discernimento, em troca da vaidade da distinção que o acometia sem sabê-lo. Sua pretensão estava situada na tentativa de entender como as narrativas que o fundaram entraram em conflito com as narrativas contrárias e o que, a partir daí, construiria como algo pessoal e intransferível. A jornada, por mais acompanhada que pudesse ser seria sempre solitária, ninguém poderia servir-se de prótese naquilo que definia a trajetória escolhida e, a indiferença de sua individualidade seria o registro singular que tornava o reconhecimento do possível como único veículo condutor de que não estava fazendo, nem o mal, nem o bem, e sim, o que no devir da introspecção, apontava um saber sobre sua ética.

Acordou com os olhos remelentos e a boca seca naquela manhã de domingo chuvoso. Ligou para Pedro e pediu que se encontrassem para conversar, havia tempos que não trocavam ideias e as últimas semanas foram demasiadamente solitárias para poder digerir as leituras que fizera. Ele sabia que a solidão nem sempre é uma convivência tranquila e vez ou outra estar gregário fazia um bem danado e exigia dele a arte dos encontros estimados. Sentiu-se saudoso das reuniões entre amigos, das risadas, dos cafés com pouquíssimo açúcar e bolachas de milho. Nem sempre os assuntos tratados eram penosos, havia também a superficialidade das piadas chistosas que seguravam o tranco quando alguém levantava uma história lancinante lida em jornais ou em mídias sociais. Quando o assunto era sério, se tratava com igual proporção, mas quando requeria espirituosidade e leveza, não tinha bronquite que calasse a urgência da comédia. Pedro falou exatamente sobre isso e quis marcar um encontro. Heitor consentiu e firmou presença, bastava convencer os outros e aguardar o dia.

— Bem, disse Heitor — pra onde podemos ir hoje já que está chovendo? Nessas ocasiões de bipolaridade climática, inclinava-se a ficar em casa sob a coberta e envolvido nos abraços dos travesseiros a pensar sobre ganhos financeiros sem esforços práticos, a não ser, a ida à casa lotérica e fazer um jogo pra verificar se a sorte o surpreendia positivamente. Já se percebia tendencioso a recuar diante do convite feito a Pedro e a tentação em permanecer no silêncio da casa, começava a balbuciar em seu ouvido o aconchego das portas fechadas. Pedro sabia que seu amigo era adepto desse tipo de calmaria e não fez maiores insinuações para convencê-lo do contrário, mas se ofereceu a ficar com ele, caso decidisse realmente em não sair. Entre a cruz e a espada, Heitor se viu impelido a escolher ficar e, àquela altura, já não pretendia estender prosa com mais ninguém. A situação ficou embaraçosa porque apreciava os assuntos discutidos com seu fiel amigo, mas as contingências desaceleravam as intenções pretendidas, e desfazer da companhia dele o fez implodir no desassossego, a resposta tinha que ser rápida igual ao sacar da arma do herói dos filmes de cawboy. Pedro o olhou de soslaio, enquanto remexia no bolso da calça, numa tentativa clara de disfarçar embaraço. Antecipou-se à forca, e não permitiu que sua cabeça sambasse na bacia dos miolos frescos, e disse em voz rouca e baixa o seguinte — um dia, Heitor — disse Pedro com preocupação - esse troço que existe em você vai terminar lhe matando. Parece que será menos difícil que essa resposta lhe seja dada por mim mesmo, não é isso? — continuou Pedro — a memória é boa quando as lembranças não são ruins, mas é preciso ficar atento para não nos enganarem. Viu-o em tempos outros um homem mais decidido, mesmo que tomasse porradas das críticas colaterais dos juízes mundanos, ao falarem sobre qualquer assunto. Você sempre encontrava um jeito de sair da tábua sem cair no mar, e muito menos, levar estocada da espada em sua retaguarda, criava um assunto paralelo ou nos contava uma piada sem graça e localizava em alguém um detalhe pra que a atenção fosse desviada dos seus olhos engraçados. De um tempo pra cá, vejo-o pensativo demais, o que se passa? — perguntou Pedro com expressão de tristeza ao ver que a angústia o estava destruindo — Heitor deixou escapar em seu rosto, o vermelho sangue do estado de sem graça que fora colocado e disse o que vinha lhe incomodando.

Muitas coisas se passavam em sua mente nos últimos dez anos, amores perdidos, amigos que o colocaram em parênteses após os tropeços cometidos, mudanças de perspectiva quanto às velhas crenças, novos amigos, nova fé e novos conteúdos a serem discutidos e descobertas a serem feitas estavam transformando seu mundo. Sentia seu corpo em brasa nos moinhos das reflexões e os temas sociais que o haviam modelado, ao longo dos anos, estavam em cheque, não somente os ideais, mas também minha existência — disse a Pedro. Fazer críticas da boca pra fora é simples, e o caráter simplório delas passou a sufocar o peito quando as novas pessoas que a vida apresentou o inquiriram com olhares às opiniões defendidas. — continuou com a voz meio empastada e melancólica — Não estava acostumado a me implicar, como você mesmo constatou, eu sempre saia pelas brechas que a situação apresentava e podia até conseguir êxito no momento e, no outro era sabidamente julgado e posto no banco dos réus sem direito à defesa. Um assunto interessava mais do que os outros, claro que, em hipótese alguma, desconsidero o valor de importância de cada um deles, é que sobre essa categoria de valor me pego esmagado e contorcido em desfazer em mim, entende? — Pedro consentiu com a cabeça e o esfregar das mãos uma na outra — Algo em Heitor se desnudava ao vociferar defesas e análises científicas acerca dos dados estatísticos reveladores da sociedade que estava envolvido, os dados empíricos se confundiam com os dados de sua própria vida, os dois estavam em jogo e a partida submetida à sua autocrítica o enveredava no labirinto sem luz iminente, dissimular o fato de não saber, ao certo, o que fazer com essa censura. Aplicava porradas de si para si e não era mais necessário outros que o mostrassem isso. Ao dizer-se ao amigo, se deu conta do lampejado alívio e decidiu que a permanência da conversa deveria ser digerida com café e pouquíssimo açúcar. Então, disse — Fique. É isso que quero - Pedro, com os olhos marejados ao ver seu amigo falar, recebeu o convite com os braços abertos e pediu que trocassem o aperto de mãos por um abraço sincero. É claro que ficarei — respondeu com uma necessidade enorme de ouvi-lo — continuou calmamente — e peço-lhe, não atacanhe seus modos, quanto mais prendemos o que não dizemos, maior fica o crime nos atos. Pedrinho captou exatamente onde Heitor queria chegar e respondeu com um leve sorriso sem as dores do bruxismo. Enquanto o café estava sendo passado, fitaram um bolo colocado sobre a mesa riram e esperaram o café ficar pronto. Depois da espera, as palavras perderam lugar e as garfadas e os goles de café quente determinaram o ritmo.

Saciados, e com o estômago tranquilizado, Heitor, num gesto rápido de palavras arrematou que, — somente através de seus próprios infortúnios seria capaz de se tornar uma pessoa desalienada. A dor de permanecer o mesmo e não estar vivendo, era grande, mas a angústia atrelada a isso cobrava mudanças. Olhou para o céu e não esqueceu que seus pés estavam no inferno, sorriu e disse a Pedro que abrir os olhos às evidências de que não existia nada mais atrapalhado do que sua realidade. E qual realidade não é torta, caro Heitor? — o interpelou Pedro. A daqueles que não querem reconhecê-la, respondeu — respondeu Heitor com humor depressivo. A aridez tornou-se companhia feroz de sua consciência e estava sempre em prontidão para perguntas que considerava tolas. A ideia era violenta e se disjuntava das ações quando sentia que havia pretensão em machucar seu interlocutor. Acostumado com as reações penosas, ficou menos aflito em despejá-la quando Pedro acusou o golpe e disse que precisava sair, tinha outras atividades a dar conta. Pediu licença, e Heitor o acompanhou até a porta. Antes de a porta ser fechada virou a cabeça em cento e oitenta graus e disse a Heitor — estarei sempre à disposição, desde que não esqueça sua humanidade. Heitor consentiu com a cabeça e pensou sem falar — essa é a humanidade que me debruçarei de agora em diante — e com leve sorriso, despediu-se de seu amigo. Ao fechar a porta e ouvir o atrito do trinco no caixão, ficou aturdido por ter se despedido sem ter agradecido a visita e, na solidão causada pelos objetos inanimados dispostos pela casa sentiu uma vontade enorme de fumar, mas como? — Perguntou-se — Nunca havia fumado antes e essa vontade surgiu de onde? O hábito de ver os amigos fumarem quando queriam, ou devido a situações chatas inalavam a morte aveludada da fumaça salvadora, acreditava que aquilo deveria ser bom. Resistiu diante desse ímpeto e mascou algumas balas de hortelã guardadas na gaveta da cozinha, e como já estava lá, rendeu-se à adrenalina da limpeza dos pratos. Aprendeu a extrair satisfação disso quando esteve hospedado na tristeza dos afetos perdidos no período das desilusões mais obtusas. Em meio ao caos, se enfiava em atividades autodestrutivas que eram suficientes pra entorpecê-lo e deixar os utensílios tão sujos quanto ele. Depois das agruras necessárias, pelo menos era assim que as reconhecia, e de concluídos alguns lutos, entendeu que o caos perdera a força e restabelecer já tangenciava os contornos dos dias por vir. Descobriu que limpar a sujeira externa não anulava a sujeira interna, apesar de serem coisas bem próximas e passou a se incomodar com os pratos sujos, a cama desforrada e a casa mal varrida. E todas as vezes que se encontrava triste ou aperreado com algo, limpava tudo sem estresse e relaxava. Pensou, por diversas vezes, se isso não seria uma forma de substituir um mal por outro e enlouquecia quando a equação era correspondente. Mas, aos poucos, a destilação apurava o gosto da cachaça e os resíduos foram tratados em separado. Ou seja, limpar os pratos e a casa tornou-se algo objetivo e não de viés. Claro que nem sempre funcionava, e, no caso da saída de Pedro sem agradecê-lo pela visita, o fez limpar-se nos pratos e no chão dos incômodos. Quis ligar algumas vezes para o amigo, mas na enxurrada do que dizer, desistiu e preferiu tentar dormir. Antes, contudo, leu algumas paginas de Dostoievski sobre a culpabilidade antecipada nas atitudes não realizadas, a identificação foi exata e lembrou quando defendeu uma mulher negra sem hesitar das cantadas baratas de uns machistazinhos idiotizados pela arrogância. Ela o agradeceu, sem cerimônia, mas o advertiu que sabia se defender sozinha. Com vergonha e desanimado pelo ocorrido, pensou em duas coisas ao mesmo tempo sobre aquela situação. A primeira, foi sobre seu cavalheirismo e antirracismo, e a segunda foi sobre o porquê não ficou parado e prestado com atenção aquela mulher ser humilhada simplesmente por ser negra. Depois de muito refletir sobre o doce amargo da advertência, entendeu o que estava acontecendo, se tratava de uma mulher engajada e empoderada e, por mais que ela soubesse o valor do gesto de Heitor diante o risco de ser mais violentada em ajudá-la, mostrou para ele o que estava velado atrás de sua iniciativa. Ela realmente era detentora de astúcia. Comum aos que conhecem a história da diáspora e luta todos os dias por igualdade de condições. Ele não compreendia que vê-la ser agredida e assistir passivo foi o efeito da historicidade daquela cena que outrora lia nos livros sobre escravidão, quando adolescente. O caráter manipulativo dos autores naquela época dissimulavam os fatos em nome de um ideal social que justificasse e naturalizasse a maldade dos brancos sobre os negros. Tudo isso aquela mulher identificou sem hesitar no cavalheirismo dele, e como num corte de bisturi, ela o desmascarou e colocou-o no lugar. Recordar essa memória tinha muita importância porque o fazia entender que mais retificado que o fosse hoje, não poderia sentir o que aquela mulher sentiu. Apenas ela o podia sentir, e todos que passaram e passam por isso ainda. Coube a Heitor a tarefa de verificar a realidade das coisas. O limite reconhecido não o entristecia apesar de ter sido derrubado do ideal de suas conjecturas, compreendia, mais do que nunca, que do seu lugar somente podia prestar apoio, solidariedade e empatia por aqueles que são considerados minorias. A cada pinçada dada sobre isso verificava o quão desprezível foi o pensamento parasita na cena do racismo, o sabor azedo que estas constatações deflagravam causavam as mais cautelosas necessidades de revisões e ponderações. Por isso, reagiu a Pedro com rispidez, admitir que a desumanidade contra si, seja um importante passo, e assumir posturas de combate a elas é fundamental. Inclusive, chegou à conclusão de que não esteve errado ao não ligar pra ele e pedir desculpas, só não podia esquecer que é preciso ter elegância em continuar sendo gentil nas situações cruéis. Essa frase o encheu de desgosto e precisava enaltecer a reação da mulher negra à sua dissimulada gentileza. Uma coisa, ele pensou, é não ser selvagem, outra é continuar disfarçando na educação o que sempre o arrebentou. A lógica expôs igual fratura. A verdade sem apelos e escudos, sucumbir aos hábitos da convivência conveniente era o mesmo que dizer que ama o seu assassino. O piano carregado nas costas proveniente da herança histórica passou a perder potência no esticar do tempo e, passo a passo, ia se reconhecendo na carne contorcida dos ossos cortantes. Imaginava-se no apogeu de contemporaneidade daquele que tudo pode fazer objetivando sair da condição ou maldição que o destino o orientava e, num relampejo de consciência, perceber que a razão é um método de busca pela libertação do punhal, sempre a atingi-lo pelas costas dos costumes rotineiros. Sozinho e sem ouvido terceiros, voltou-se para o refúgio dos que não temem redescobrir os ladrilhos sinuosos e insinuantes do que ainda havia de percorrer, inquiriu-se diversas vezes sobre onde poderia estar apontando o seu desejo e de que forma este desejo romperia sua incapacidade subversiva diante das maldades vistas todos os dias em todos os veículos de comunicação que gostava de se debruçar nos intervalos das leituras habituais. Os intervalos — disse de si para si — são minha maldição. Onde paira devaneios e sonhos e pensamentos mágicos em que, o cinza perde território para o colorido almejado. De repente, as cores são alvejadas, e o branco estabelece seu poder de tudo nadificar, como modelo de reescrever a história a partir dos perspectivismos e essencialíssimos nos corações dos imbecilizados da terra. Pronto! — disse ele — a alegria dos intervalos findou-se em realidade maçante e apócrifa.

Dirigiu-se à cozinha e passou um café, aguardou a água ferver para em seguida depositá-la no recipiente com filtro e o pó moído, colocou pouco açúcar como de costume e tomou em goles pequenos e cautelosos o néctar do deus da vigília. A energia o revigorou, e as ideias passavam a galope pelo portão da censura, algumas escapavam ao controle do porteiro e vociferavam palavras em imagens sobre o sentimento de culpa e o objeto de penúria. Riu discretamente após outro gole de café e, como não estava concentrado, queimou o céu da boca dos distraídos. Pensou em falar mal do deus, mas calou-se diante do absurdo que esteve prestes a cometer contra aquele que lhe proporcionava a energia necessária para continuar. Porém, o cala a boca do céu queimado, não silenciou os pensamentos parasitas no ato da dor, e o peito ardendo de remorso, o fez oferendar outro ritual de confecção do líquido com o objetivo de acalmar os ímpetos do deus. Depois de tudo ter sido preparado e arranjado, a exigência que se fez para dirimir as forças da natureza feroz foi convidar alguém para, com ele, desfazer aquele suposto mal-entendido do insulto calado, porém, pensando daquela tarde melindrosa. Antes, com tudo, mirou-se numa indulgência insuportável diante de seus espelhos, pequenos seres em descompostura a gritar palavras de desordem ética sobre os ancestrais míticos de sua terra imaginada. Réu, confesso dos equívocos somados, quis investigar a fundo a proveniência das fantasias torpes dos homens de olhos azuis pelas mulheres de cabelos crespos. A palavra fetichista lhe veio à mente. Transplantando conceitos marxistas para o emparelhamento nos tratos sociais percebeu ironicamente a explicação para o episódio que viveu entre amigos na adolescência. A mulher de cabelos crespos à época, era uma mercadoria de consumo daqueles filhos de pequenos burgueses ávidos em manterem-se acima das carnes mais baratas do mercado, como disse Elza Soares. Miseráveis no mais amplo sentido da palavra, vis inconsequentes das atitudes reproduzidas a ermo pelos patrícios agenciadores de pessoas como se fosse gado — com o rosto vermelho e a mão em riste falou em grossa voz — Tarados, por assim dizer. Infames. Patifes — A raiva, que sentimento nobre quando alinhado a pensamentos lógicos e de orientação dirigida a propósitos sérios. Heitor se viu bebendo da fonte bem-aventurada das santas, sem véus, em que o genuflexório não aceitava os joelhos calejados dos pecados hipocritamente repetidos. Essa enxurrada de fichas caídas que o fizeram parar sobre a soleira da porta, o indignou, de tal forma, que até o porteiro das censuras o aplaudiu de pé. Outra semântica, outra música regia seus ouvidos e a justa ira dos traídos o fez compreender o direito de rebelarem-se contra as transgressões éticas daqueles que são vítimas. Voltou correndo para a sala de onde não devia ter saído e apanhou, na prateleira, repleta de livros, o que lhe interessou naquele momento de lucidez. Abriu na página cinquenta e seis do livro de Fenon, e confirmou sua tese. Em voz alta, reproduziu letra por letra: "sou branco, quer dizer que tenho para mim a beleza e a virtude, que nunca foram negras. Eu sou da cor do dia". Aqueles garotos úteis à reprodução do sistema de distinções consideravam-se como o dia a iluminar o obscuro desejo e alienado erotismo daquela dos cabelos crespos. Sem solenidade, fechou o livro e sorriu aliviado por não ter sucumbido ao abatedouro infeliz das carnes baratas. O sentimento de inferioridade daquela mulher a colocava na posição de objeto sem saber, é quase óbvio — disse Heitor — é preciso que algo do real se sobreponha à ignorância dos ideais do dia. A essa altura, não se deu conta do desvio causado por esse discernimento e a busca por alguém ficou em segundo plano. Do melindre da tarde à malandragem proporcionada pela arte de pensar, invocou nele o Aqueronte adormecido. Heitor sabia que a atitude é revelada pela intenção e amadurecer os termos das revelações que se descortinavam diante de seus olhos, cobrava dele parcimônia, pois sem ela a lama movediça do temido desassossego dos erros infantis o poria no cadafalso narcisista de se achar detentor da verdade. A única verdade possível nesse emaranhado de suposições era a sua e se isso não pudesse ser replicado para os outros, paciência, cada um deve saber trilhar o próprio caminho em direção à liberdade. Receoso de que isso o travasse mais uma vez se inclinou diante dos abismos pessoais e balbuciou baixinho — foda-se o medo do incerto — Para em seguida a angústia de ser mal-interpretado o tomar a goles longos como se o líquido escarço o findasse no ser tomado. Algo de real escapava e o porteiro da censura, na maioria das vezes o culpava mais do que aplaudia. A incerteza margeava e a sensação de estar à sombra que obnubilava cada passo dado nas supostas convicções a assemelhar-se a um natimorto. Estava sempre preparado para defender-se de si, e, deslocar isso nos outros, não fazia mais sentido como fora em tempos de guerras frias estabelecida, pela consciência mórbida das certezas póstumas. Mais alguma coisa escapava às falsas convicções a ponto de estabelecer novos paradigmas em seus devaneios — Sim, ele pensou — A consciência não está em dívida perpétua como nos tempos ampulhetados quando mal tinha barba no rosto. Com os pelos vieram a capacidade inescrupulosa em buscar outros passos, e mudar o foco das perspectivas alheias o enchiam de esperança e um toque azeitado de otimismo. Em nenhum momento, depositou no coitadismo das ideias atuais a passividade que o movia no passado. Sim, havia certo vitimismo em acreditar que reproduzir discursos excludentes o apartava das críticas. Esse tormento da censura perdia força com o recrudecimento dos dias que galopavam, nada na cronologia apaziguava a dureza dos minutos e a única via a ser encarada, nessa lógica, era a antítese constante de se descobrir como terra invadida. Já estava exausto de colonizações, e descolonizar-se, era a via régia da suposta liberdade, claudicante por natureza e destemida por condição. A contemporaneidade das reivindicações permitia avanços e confirmações que contrariavam os argumentos testemunhados dos imbecis municiados na superficialidade das vontades imediatas. Alegrava-se em saber que toda totalidade continha em si contradições passíveis de verificação e aprofundamento de debates. Com certeza não se via como total, pelo contrário, a parcialidade entendida no campo do possível, agregava valor à existência nascente e revolucionária que estava por vir. Conceitos como igualdade, justiça social, solidariedade e liberdade fortaleciam suas concepções sobre consciência democrática e participação social na medida em que alvorecia em sua consciência particular o juízo crítico e com fortes tendências éticas, compreendia que esse processo de implicação era fundamental. Lembrou-se da poesia de Guimarães Rosa — o correr da vida embrulha tudo. A vida é assim, esquenta e esfria, aperta e daí afrouxa, sossega e depois desinquieta. O que ela quer da gente é coragem — A sanfona de seus pensamentos em dúvidas e incertezas haviam causado estrias, em queloide, de tanto vai e vem das decisões em impasse, mas o inevitável do pensado não escapava ao acúmulo dos registros sempre permanentes em sua consciência que ia estabelecendo nos conteúdos sintetizados as antíteses confirmatórias da vida. Os acontecimentos cotidianos não cessavam e as intermitências das pequenas mortes quando produzia, o salvavam do infinito. A cada sentido atribuído ao vazio e às significações possíveis deflagrava a existência da finitude do seu ser em transformação. Essa tarefa era desgastante do ponto de vista das conveniências, mas revigorava a ideia de se despregar das certezas da ignorância.

De volta ao espaço sagrado de onde partiram essas reflexões, encontrou-se com Pedro e, com ele, iniciou uma verdadeira imersão dos achados sobre o mal de cada dia. Pedro sempre disposto a conversar, sugeriu que fossem caminhar pela estrada de barro batido e que o fizessem com os pés nus, sem as sandálias triviais. A proposta era que a borracha não cortasse a relação direta com a natureza e os espinhos impreteríveis do caminho. A forma de cumprimento entre amigos revela a dimensão do laço que os unem, costumeiramente com abraços e vigorosos apertos de mãos, eles podiam estar chateados, mas nunca desperdiçavam esse gesto que marcava o companheirismo de data longínqua. Ao subir a serra, Heitor comentou sobre um assunto que havia lido há poucos dias e a sensação de despertencimento ao modelo prescrito o indignou com tamanha força, que as palavras queriam sair no atropelo. Respirou fundo e, ao se acalmar, iniciou o assunto.

— Li, Pedro, que em 1883 um canalha chamado Francis Galton desenvolveu o conceito de eugenia em que raças humanas consideradas superiores prevalecem no ambiente de maneira mais adequada. Ideias como essa, com certeza, influenciaram de maneira decisiva para o recrudescimento no tratamento aos negros escravizados aqui em nosso país, ou seja... Está me acompanhando?

— Claro, disse Pedro.

— Continuou Heitor — O racismo é uma estrutura que obteve seus alicerces a partir de pesquisas flagrantemente discriminatórias e de clara tentativa do homem branco se distinguir do negro simplesmente devido à cor de suas peles. Essa conversa miúda de que o que separa e divide a sociedade é em decorrência do conflito de classe, foi uma cortina de fumaça que, até hoje, distribui seu monóxido de carbono na mentalidade daqueles que se sentem privilegiados por serem brancos ou menos constrangidos por serem pardos. O que sente enquanto falo isso pra você?

— Pedro tão rápido como uma flecha respondeu — asco!

No caminho de volta, não conseguiram emitir mais nenhuma palavra sobre o assunto, encontravam-se nauseados e revoltados, porém, quando estavam prestes a chegar ao portão, avistaram uma amiga muito querida pelos dois e, com gestos convidativos, demandaram a presença dela para que pudessem ouvir da boca de uma mulher a firmeza necessária para que aquela situação fosse encarada com dignidade e pensamento crítico. Comentaram com ela sobre a eugenia e lhes perguntaram o que achava. Imediatamente.

— Ela disse — esse assunto os revoltou? — e, em pensamento refletiu, para em seguida falar — imaginem vocês que a luta do abolicionismo foi uma luta de exploradores ricos, industriais capitalistas que se revoltaram contra os exploradores ricos rurais escravistas, e que ao trocar as chibatadas por salários muito baixos, transformaram o racismo em diferenças econômicas. Ana tinha um jeito singular de expor as coisas e a cara deles quando ouviram essa informação não foi de espanto, mas sim, de confirmação da realidade. Ela ainda disse.

— Querem um exemplo típico? As mulheres e em especial as mulheres negras, ainda são maioria nos trabalhos domésticos, pobres e exploradas. É óbvio — disse ela — que essas informações foram obtidas a partir de estudo recente que fiz sobre Ângela Davis. Essas mulheres ainda são tenazmente oprimidas pelo racismo e machismo de todos os dias, mas essa realidade tem mudado, sabemos que lentamente, mas tem mudado. Há uma necessidade cada vez mais premente de conscientização e lutas, e quando atingirmos os objetivos sonhados, poderemos dizer com todo o ar de nossos pulmões, somos livres, feministas e plurais! Não acredito — ela continuou — em liberdade dentro de muros, a não ser que essas paredes sejam nossa própria consciência alienada e presa ao conformismo e preguiça de agir, aí sim, não haverá liberdade. Essa eugenia que vocês estavam discutindo e que muito os indignaram arrebentou nossos corpos, principalmente quando esterilizavam as mulheres negras com o objetivo de limpar a sociedade da miscigenação para garantir a dominação de raça. Eles chamaram essa prática de purificação. E ainda querem que nos calemos diante dessas atrocidades, em nome de um maldito equilíbrio que nunca aconteceu, e acredito que nunca acontecerá, mas que não impede de diminuir as distâncias e de empregar os direitos que já foram conquistados. Sugiro a vocês que leiam sobre isso, quanto mais homens tiverem o interesse sobre a história por trás das estórias, agiremos juntos por condições de igualdade em oportunidades, e se darão conta dos motivos que os levaram e ainda fazem, ao nos humilhar e nos matar simplesmente por nos considerarem objetos de consumo descartáveis e sem alma. Como veem, essa revolta revela-se no efeito daquilo que buscamos quando não nos desinteressamos pela humanidade em suas características de diferenças e ricas potências de entendimento mútuo a superar os limites impostos séculos atrás, e que ainda ecoa nos ouvidos e espíritos das intelectualidades rasteiras de quem se enriquece com a miséria e exploração. Sem juízo crítico o único lugar que podemos ir é ao holocausto em forma de marginalidade negativa que engessa nossas ações e atitudes afirmativas.

Ao ouvir uma voz tão vigorosa e com atitudes claras em ações, Heitor se deparou com aquilo que mais o incomodava e sentiu o coração arder por não ter encontrado potência suficiente para reagir diante daquilo. O que ele mais queria era poder dialogar e por à prova o objeto de suas reflexões e discutir sobre o mesmo assunto de modo que a conversa não se perdesse em pouco tempo, devido à falta de reação propositiva quando Ana expressou conhecer profundamente as violências sofridas pelas mulheres, desde a origem do mundo. Um grito abafado o engoliu por inteiro sem deixar espaço para réplica, submetido ao fascínio e admiração reforçou seu drama de silêncio enaltecendo seu recuo como se isso fosse justificativa para a ausência de manifestação de seus pensamentos. A partir da saída dessa mulher encantada, engajada e com consciência de poder de decisão, Heitor e Pedro se despediram com os abraços de sempre e ficaram de marcar um próximo encontro.

Ao chegar a sua casa, percebeu que estava tudo fora de lugar e a náusea se fez imperativa no exato instante em que não conseguiu distinguir o que era uma fantasia da realidade sensível. Pensou e repensou algumas vezes, antes de entrar e pedir ao vizinho que verificasse se sua consciência estava pregando uma peça de mau gosto ou se, realmente, havia uma bagunça. Desistiu claro... Não podia pedir a um estranho que vaticinasse a realidade e o pusesse em maus lençóis. Pensou — loucura! — O que queres de mim? Se não consigo saber se os pratos sujos na pia são reais ou produtos de minha imaginação, o que será de minha consciência quando precisar efetivamente dela em situações mais cruciais. Cruciais? — se questionou suando pastosamente e as gotículas de sal escorriam pelo queixo — O que pode haver de mais imediato do que discernir entre pratos e mim? Afito com esse hiato que se abriu, chorou baixinho. Um choro que há muito tempo não o perturbava, e pelo visto acreditava que não seria mais importunado com sentimentalismos ou coisas parecidas. O teto da casa pareceu descer para esmagá-lo contra o chão e num respiro aliviado identificou essa sensação com o aperto no peito e não como um delírio. — Louco não sou, afirmou com convicção. Mas loucura eu porto, se porto o que não sou, o que me define? — Do suposto delírio ao mais cruel do encontro, conseguir mesmo fugir dessas realidades não lhe era mais possível. Já estava tomado pelo monstro interior e os diques que outrora serviram de proteção se transformaram em canais venezianos que a tudo interligava, as gôndolas turísticas viraram o objeto cotidiano de trabalho diário de sua existência. Sem seguro ou aposentadoria, precisava saber o que fazer com as investidas que vinham das profundezas de suas memórias lembradas a tergo e organizar os fragmentos que lhe eram oferecidos sem gratuidade ou direito de devolução.

Passeou os olhos pela estante de livros e a retina parou em frente a Kafka. Nesse instante, em que a mente, geralmente não fixa parada, conflitou com seu olho que insistia em permanecer na metamorfose. Chegou a sentir as patinhas saindo dos flancos quando a campainha tocou e o tirou da hipnose kafkiana. Era o rapaz que recolhe o lixo exatamente, às quinze horas. Largou a metamorfose, mas ela não o abandonou. A capacidade de não cessar em insistir tinha que ser aceito por ele como condição de sobrevivência, caso contrário poderia abrir espaço para fantasmas criados pelo alquebrado ato de resistir. Olhou profundamente para o rapaz do lixo e quase implorou que ficasse para tomar um café com ele e se colocou à disposição para ser levado junto com os restos do que havia comido pela manhã. Agradeceu, cerimoniosamente, pelo serviço prestado e foi surpreendido com a total ausência de simpatia do rapaz que virou as costas sem uma gota de empatia e seguiu seu rumo à próxima porta. Fechou a porta vagarosamente e voltou-se para dentro de sua consciência surreal a fim de apertar o botão de pause e refastelar-se no sofá empoeirado e acolhedor. Desceu as pálpebras calmamente e, com um suspiro, adormeceu os pensamentos e envolveu-se no cobertor do sono.

Seus demônios não eram metafísicos ou transcendentais era a manifestação interna de sua teimosia adulta em reprimir seus ímpetos infantis. Alcançar esse saber o fez depositar em uma realidade menos cândida à crença de que estava no caminho certo em lidar com sua própria realidade, do que fiar julgamentos nas realidades dos outros sem antes passar pelo crivo de honestidade em conformidade com seus singulares ímpetos intempestivos. Acordado e apto, passou o café como de costume, precisava despertar do onirismo do dia anterior em que viu patinhas em seu corpo. Os mecanismos que colonizavam sua vida estavam sendo passado a limpo nas intermitências das horas e o saber que ia se produzindo a cada imersão na alma ocasionavam oportunidades incríveis de desmistificar as auréolas beatíficas que envolviam a perspectiva geometral dos sentimentos, que como álcool dissolvia as censuras, diluindo sem misericórdia o mapa de suas ilusões. O viés de refrigério proporcionado pela ignorância acendia a velha chama de pequenos momentos de paz quando intercalava uma autocrítica, porém o sabido impedia que isso acontecesse, devido à impossibilidade de retroceder diante o inevitável. Quando o rio se rasteja em direção ao mar e teme perdesse na imensidão verde não pode olhar pra trás e imprimir força contrária ao seu curso, então, de forma habilidosa e sensata, para de lutar contra si mesmo e entende-se ampliado num mundo de novas misturas, e convencido da verdade segue o rumo da liberdade que outros espaços, pessoas, e maneiras de pensar diferente podem agregar valor aos novos desejos. E foi embebido do ímpeto das impermanências das coisas e intemporalidade das reflexões que a dureza enfrentada por aqueles e aquelas desumanizadas, extraiu mais força e coragem para coagir qualquer obstáculo que aparecesse pela frente. Ora — Heitor pensou — o que é mais desgastante do que tomar conhecimento daquilo que infligia dor e maus-tratos? É na forquilha das coisas conhecidas que sabemos o caráter das pessoas, ou elas avançam ou paralisam e recorrem ao conforto das zonas imexíveis. Heitor tinha asco desses comportamentos esquivos e o repúdio das práticas de crueldade feitas aos indefesos não era retórica. Como é mágico sentir a força dos que não se deixam dominar pelo modelo ideológico hegemônico. No oceano, os tubarões não são cruéis com suas presas, eles as devoram por necessidade de sobrevivência e manutenção do equilíbrio. Na vida social sim, os tubarões de colarinho branco são cruéis por justamente não fazerem isso por necessidade e sim por onipotência e dominação dos que não têm ferramentas suficientes para se defender dos ataques. Heitor se viu numa selva de predadores canalhas que sentenciavam a todo instante que não temiam o poder das determinações permanentes, que admirava as lutas por encontrar saídas reais nesse mundo comprado e que mercantiliza, por apropriação, a criatividade dos desvalidos.

Já era a hora do almoço e, comer sozinho, apesar de ser algo comum, naquele dia saborear um bom prato não fazia parte do cardápio de suas opções e o apetite por companhia aumentava a fome de ouvir e falar. Precisou esperar o feminino aparecer com a luz de prata para encontrar alguém que pudesse conversar e peneirar o cascalho pra extrair o ouro e como num relance, o telefone tocou e, com ele, uma visita esperada, era uma amiga que há tempos não via. Lembrou-se, antes de iniciar conversa, que suas falas pareciam com partos de ideias sobre muitos assuntos importantes e que cobravam dele dedicação e paciência diante as alfinetadas de palavras que iam colocando, pouco a pouco, sua existência em risco de ser atingida. O volume de pesquisa que ela realizava, no âmbito da mulher negra e de feminismo plurais, eram vastas e repletas de armadilhas pra leões desavisados. Apertou o start e ouviu a voz frenética dizer.

— Alô! É Heitor! — Não havia dúvida naquela mulher e o caráter afirmativo das interjeições sempre o assustavam, e a resposta foi clara e sintética.

— Sim, sou eu, claro. A que devo a alegria de lembrar-se de mim e num momento de solidão atroz como hoje? — Esse jeito doce e carente marcava a vida dele sempre quando a aridez se fazia presente e o tom educado lhe revelava a sacanagem da chantagem emocional que aplicava nessas ocasiões. A ideia era não dar espaço para evasões e fisgar o outro na armadilha de suas demandas. Com alguns funcionava menos com ela, mas sempre valia o risco. Apesar de entender um pouco sobre esse mecanismo infantil, alguma coisa ainda o situava na impossibilidade de suportar uma relação com a angústia que o fizesse renunciar às atuações. Havia nele um elã cênico a protegê-lo de abandonos. Mas essa mulher, não era de se deixar enganar e arrematava-o com provocações ricas em ironias e sarcasmos e pô-lo a descoberto.

— Não me venha com essa malandragem e escute o que tenho a dizer, é sobre mim agora, e não sobre você. Depois que falarmos sobre o que tenho a dizer, a gente tratará de seu blá blá blá.

Isso apesar de arrebentar suas expectativas, estava dentro do pacote de risco assumido, porém, ele não estava perturbado pelo mal estar do desnudamento de suas intenções de sempre, pôr-se em primeiro plano e garantir o sucesso em ser ouvido. Muitas vezes ser ouvido era apenas um órgão sensorial abrindo os ossículos para permitir entrar sons, ser escutado era outra coisa totalmente diferente e requeria do outro uma interpretação dos sons que entrava escuta adentro.

— Em fim, Clara, o que você quer me dizer?

— O céu está mais para Van Gogh do que para Renoir, meu caro. Ainda ontem recebi uma ligação, ou melhor, uma mensagem de João dizendo que estava cansado de mim porque só penso na militância da mulher e em movimentos sociais que lutam pela melhoria e aplicabilidade justa dos direitos humanos, aos que sofrem com discriminação e descaso do Estado, acredita nisso? Sabe onde eu estava no momento dessa mensagem machista e reacionária? Dando aula sobre articulação política entre mulheres na Universidade. Estava falando sobre Estado Democrático de Direito e a necessidade de engajamento e empoderamento feminino num país colonialista e paternalista como o nosso, recebi esse soco no estômago e gelei, obviamente. Disse a ele que não podia conversar sobre esse assunto naquele momento e pedi que nos encontrássemos mais tarde, em casa, para saber com calma o que o estava deixando tão irritado a ponto de romper com um relacionamento de anos e que, demonstrava ter admiração pelo meu trabalho e empenho em esclarecer os jogos de poder dos discursos das elites políticas e econômicas — Alô! Porra!!! Está me escutando?

— É claro que estou escutando — o problema, disse Heitor — está na velocidade com que você está tratando isso comigo.

— Não me peça pra ter calma nessa hora, se não desabafar, irei explodir de indignação. Acabei de ser deixada pelo cara, nem sei se o amo mais, depois dessa falta de consideração e maturidade.

— O ama sim, e está lascada por isso. Com certeza, ele deve ser como os ricos que não gostam da democracia porque tira o controle de quem rege o sistema. Vai ver ele percebeu que estava perdendo o controle sobre você e decidiu terminar da maneira mais espúria possível e evitar discussão mais áspera. Agora, cara Clara, questione-se sobre as razões que levaram a esse amor existir, justamente com um homem que deixou evidente a oposição e repúdio por tudo que você está envolvida e que lhe situa como mulher. Parece até aquela síndrome, como é o nome mesmo? Ah! Síndrome de Estocolmo. Quando o sequestrado nutre simpatia ou amor pelo sequestrador. Desde quando o vi no fórum sobre relações étnicas e Direitos Humanos, tive a impressão de ele ser um abelhudo e não alguém interessado em ampliar os conhecimentos sobre o tema, mas você ficou fascinada pela beleza e esqueceu-se de verificar a assinatura por trás das aparências. Como não lembrar do belo Dorian Grey de Wilde?.

— Estou surpresa com essa reação, Heitor, nunca o vi manifestar opinião tão forte e pessimamente assertiva.

— Desculpe-me se estou sendo cruel — disse ele — é que venho refletindo sobre meu silêncio e o dramatismo de minhas condutas, era sobre isso que queria falar e não podia existir situação mais propícia pra expor o que me sufoca. Ainda assim peço desculpas, que merda! A polidez é um vício terrível. Diga-me o que irá fazer com o término, Clara?

— Sofrer duplamente — disse ela — Pelo que ele me disse e também pelo que você me mostrou. Saber que me apaixonei por um canalha e permaneci com ele todos esses anos alienada pela estética e, identificada ao que me repudia foi um golpe duro de assimilar, mas irei sobreviver, resolverei as coisas práticas e as afetivas destilarei com o tempo. Preciso desligar, Heitor.

— Tudo bem. Saiba que estarei aqui para o que der e vier. Uma sensação apaziguadora se estabeleceu no tórax estreito e transformou a aflição em desafio pessoal, as artimanhas do xadrez multicolor dos anseios com ambições encurtadas pela mesmice do dia-a-dia, em um poderoso sentimento de poder seguir em frente. A dúvida sobre se poderia perder mais do que ganhar com esse novo encontro consigo mesmo ainda estava de atalaia, olhando-o de soslaio todas as vezes em que manifestava uma atitude que o colocasse em harmonia com seus desejos mais íntimos. Certa relação entre possíveis — entende? — Disse olhando para os móveis imóveis que compunham o cenário de seu habitat. O que fica inviável é permanecer nesse cilindro hermético a esperar alguma coisa acontecer e explodir os fragmentos a serem enfiados nas carnes daqueles que mal sabem o que sucede em seus pensamentos. Uma coisa que o incomodava era a injustiça, preferia ser tratado como um merda a tirar do outro o direito que lhe cabe. Era capaz de ouvir calado tudo que tinham a dizer e, sem concordar com nada, mas mantinha a posse de não interromper o fluxo de sons que saiam das bocas cheias de dentes daqueles que alimentava desprezo. Fazia sua parte e com cuidados, exprimia uma ou duas opiniões e evitava confrontos. Sabia pouca coisa de si, mas de uma coisa ele estava convicto, tinha medo de suas próprias reações e, nesse caso, ao que parece, a civilização fez um trabalho interessante sobre ele, o transformou em um sujeito educado. Tinha horror dessa via de acesso porque quando precisava falar, a vontade violenta amortecida pela moral dos bons costumes atravessava seu corpo e cortava em banda o discurso rasgado das intenções. Quando falou com Clara e disse o que pensava sem meias palavras e recortes polidos pôde perceber que não perderia por isso, pelo contrário, abriu espaço para fortalecer o laço entre eles dois. Por um momento, teve a certeza de que amigos que não se desentendem pela verdade mantém-se preso pela mentira e falsidade. Sentiu seus pulmões encherem de ar num suspiro aliviado e sem precedente, uma alegria encheu sua vida de vivacidade e o horizonte míope dos dias ganhou contornos mais amplos, uma ponte estava sendo construída ao invés dos barquinhos de travessias e, se podia falar coisas sem os pudores abjetos dos costumes devia continuar, pedra sobre pedra, a tarefa pessoal de lançar luz sobre o obscuro mar das jangadas caiadas dos disfarces alheios. Havia muito que se fazer e se desfazer das roupas controladoras das censuras e se exigia coragem em suportar o que estava por vir.

Encontrou-se com um colega, não era amigo, então o receio era ainda menor e, nesse diminuto mal-estar, não ousou em ficar calado. Esse colega falava sobre o tempo chato em que a sociedade está imersa. O assunto era sobre gostos pessoais e o politicamente correto. Disse-lhe que se considerasse um negro feio entrava na chatice de ser portador do discurso racista e já não aguentava mais ter que conviver com os cuidados ao se referir a alguém. Heitor, mesmo com a calma que a situação exigia, o escutou sem interrompê-lo e após ouvi-lo disse que não era bem assim que funcionava a nova onda de reivindicações, chamou a atenção para a reação esperada de incômodo que as pessoas estão sentindo quando interpeladas por esse movimento social das supostas minorias, e explicou que mexer naquilo que estava posto como consumado, interferia nos comodismos rotineiros do racismo impregnado como ostra em pedra de quebra-mar. O colega logo o rebateu com um tom sutil de impaciência retorcendo e fortalecendo o discurso de chatice. Precisamos falar sobre isso sem cairmos nos cortes guilhotinados da história esquecida.

— Ouça — disse Heitor — realmente você não é obrigado a achar uma pessoa bonita simplesmente porque isso pode enveredar em críticas sobre a cultura de segregação, não sobre o que versa a análise dos que estudam o problema. A questão a ser problematizada recai sobre as observações carregadas de discriminação quando o negro é julgado pelo corte de seu cabelo e qualidade de seus traços étnicos. É sabido que essa busca por distinção e melhoramento da raça com a miscigenação deflagrou na sociedade a revelação de suas insatisfações em disputar espaços ou conviver com pessoas com descendência africana e que por quase quatro séculos, foram jogados às categorias de sub-raça e sem alma. Então, sem querer me alongar em mais explicações, é possível verificar que não se trata de gosto apenas, e sim de discriminação histórica. Sem percebê-lo, você reproduz a falta de dialogicidade nas mesmas falas dos tempos em que somente os brancos opinavam e determinavam as condições conceituais, estéticas, políticas, culturais, econômicas e sexuais das relações entre nós. É claro que se sentirá ofendido, não lhe pedirei desculpas por isso e sugiro que reflita sobre essas questões tão importantes para a desmontagem, por mais incômoda que seja dessa pirâmide de corpos cicatrizados na alma e na pele que regeu nossa frágil democracia.

Heitor fora levado pela flor poética da gramática dos sonhos de antanho e ateve-se na chama iniciática da vela da vida a orquestrar os meios dos caminhos a serem explorados pelas mãos em versos da narrativa a ser descrita. E qualquer coisa estranha a criar obstáculos limparia com a vassoura da consciência indomável, quando posta à prova, as sevícias do teatro das ilusões e cercando-se da verdade poderia enfrentar dragões e príncipes sem temê-los. Viu-se ruindo o castelo opressor dos ideais inoculados e não consultados com brevidade pela idade das carnes tenras e depositárias dos vermes simbólicos da vida extrauterina. Aliviado, essa era a sensação do efeito de ter falado, talvez pelo fato de ter sido apenas um colega.

— Não! — Disse ele — exprimir-me também a Clara que tanto quero bem, recuar à dúvida seria uma perfeita perda de lógica, avançar sim, é o que importava.

A vida não dá trégua nos tempos de luz e ele compreendia a necessidade pulsante de seguir em frente sem temores, já bastava a morte em sua finitude escancarada e intermitente imposição dos limites inevitáveis, ao resto nos basta viver e suportar o peso dos caminhos não calculados. Consciências infelizes se enredam em contradições, como disse Fanon. Lembrou-se do colega que entrou na armadilha do discurso e não percebido pelo emaranhado do que o configurou, depositou ganho quando estava perdendo. O inconsciente é assim — disse de si para si — prega travessuras e põe o senhor de joelhos no interdito. Em sua crença religiosa, os "Ajogun" eram os seres que surgiram em consequência da fome, dor e morte, verdadeiros adversários da humanidade. Refletiu sobre a inevitabilidade da ponte em construção e que nem sempre era possível atingir o outro lado sem mitos que compusessem o enredo no material disponível nessa travessia árida e de difícil trajeto. Sim — disse ele — sou feito da matéria de meus mitos individuais e não os nego, apesar de saber que a crueldade humana é produto das relações não suportadas no encontro com o real que escapa da vida. Aderir a princípios cosmológicos como suporte para esse mal-estar não era uma escapada pela tangente como um ladrão em fuga, e sim um benefício cultural que explicava uma parcela do indizível dos espaços impreenchíveis. Então, reconhecer na chatice de ser cobrado por preconceito ao outro, exige pôr-se em espelho diante aquilo que figura sua própria pregnância discriminatória. Esses são os que portam a essência dos "Ajogun", manifestam-se contra a humanidade e do confronto cara a cara com a pluralidade e diversidade do que nos compõe. Não podemos romantizar o sofrimento — pensou Heitor — que entre o tempo e o espaço há a velocidade como resultante implacável em tudo que fazemos ou deixamos para depois. Existem formas variadas de nos acalentar com a velha retórica motivacional que tem tentado nos fazer engolir, todos os dias, como se fôssemos peixes a morrer pela boca. Iscas! — Bradou Heitor — As únicas coisas que podiam afetá-lo é aquilo que foge às explicações diferentes dos efeitos de sentido, preferia aquilo que o inquietava e provocava, tirando-o em um solavanco, da cadeira dos conformismos e dos trilhos rotineiros. Esse "fast-food" de informações somente alimenta cérebros ocos com as pílulas da felicidade fácil e de encurtamentos de distâncias no plano virtual e não virtuoso. Essa revolta de deveu à lembrança que fisgou sua atenção quando pensou em sair para comer algo na rua. Havia uns dois anos acontecido um dos episódios, mormente constrangedor, que teve o desprazer de ter presenciado. Indignou-se e decidiu permanecer em casa e preparar uma boa macarronada à moda brasileira, tendo feito isso, ligou para uma amiga que tinha presenteado com o livro da Djamila Ribeiro e deitava sobre os olhos as particularidades do repúdio que sentem pelo feminismo e, que esclarece muitos pontos não fornecidos pelos contos de fadas que, teimosamente, distorce a peleja das autoafirmações imprescindíveis. Após os cumprimentos fraternos.

— Você leu o livro? o que achou narrativa?

— li algumas páginas, mas uma amiga pegou emprestado e ainda não devolveu.

Ávido por uma conversa que o tema fosse aprofundado, quedou-se frustrado com o desinteresse nos detalhes da resposta, cinco segundos foi o tempo em que durou o silêncio, o suficiente para falar sobre amenidades. Prontamente, ela reagiu ao desvio com tamanha perspicácia que o fez entender que nem tudo é tangenciável e é preciso permitir que o tempo e o espaço calculem a velocidade para que o discernimento aconteça com paciência. As amenidades acabaram, como tudo que é raso, e ficou por isso mesmo. Para sua surpresa e conforto, o sentimento de impotência passou ao largo dos aflitos momentos em que se via tomado pelo nada das condições que o calavam. O que vinha mudando? — ele pensou — Essa era a questão do instante. Reconheceu que há momentos de queda e o impacto só pode ser sentido por quem cai e não por quem apara, sendo assim, e tranquilizado, recolheu-se e, sem apequenar-se, inspirou e expirou vagarosamente e com sutileza fez conjecturas que o tirou da poltrona — Quando decidem abolir a verdade para propagar o ódio, o objetivo é manter o poder inviolável pelos que se fodem, falou entre dentes— Virou a página do que estava lendo e se deu conta de que não lembrava o que tinha lido nas dez paginas anteriores, a cabeça estava em outro lugar e já que estava lá, não devia sair. O telefone tocou, era Benjamim. Cumprimentos pra cá e outros para lá.

— Vamos ao que interessa — disse Benjamim — Que tal uma caminhada marginal? Heitor respondeu com a espinha encravada na garganta dos que estão à margem do centro.

— Você quis dizer... aliás, o que seria se não fosse isso, não é verdade, caro Benjamim! Aceito sem delongas. O encontra-lo—ei lá, até mais.

Quando chegou ao local combinado, encontrou Benjamim andando de um lado para o outro com movimentos ritmados, nunca tinha visto seu amigo daquele jeito. O olhar crepuscular ocupava o brilho e tranquilidade que sempre demonstrava. A palidez e o suor que saiam como as gotas saem das nuvens o envolviam numa atmosfera tenebrosa. Aproximou-se vagarosamente e com a voz tentando a calma anunciou sua chegada e pediu que sentassem.

— Benjamim, o que está acontecendo? — perguntou Heitor sem hesitar. A voz trêmula de tanto ser mantida em controle entregou seu desespero antes do tempo e, por incrível que pareça, isso fez Benjamim diminuir a intensidade frenética do clima soturno e acalmaram-se, mutuamente, só com os olhares.

— Desculpe meu jeito incomum, Heitor, estou num péssimo dia. A única pessoa que veio à mente foi você, não encontrei outra que pudesse me ajudar a entender os pensamentos enlouquecedores que invadiram minha sensatez e confundiram tudo. Veja, estava lendo uma revista e a matéria falava sobre maniqueísmo ocidental na Idade Média e Moderna, o que vou lhe dizer não tem nada em comum com o texto, simplesmente apareceu como chuva a céu a pino. O Diabo é a antítese de Deus! Isso foi o que me invadiu sem mais nem menos. Mas não parou aí, comecei a tentar compreender o que essa mensagem ou coisa parecida pretendia comigo, e me deparei com situações concretas cheias de esclarecimentos. Não pense você que o sentido me aliviou. Não! Deixou-me angustiado. Os deuses podem se transformar em demônios? Heitor hesitou e engasgado pelo pigarro, acendeu um cigarro. Nessas ocasiões, o maldito cigarro servia como relaxante muscular, quase um ansiolítico. Muitas coisas se passaram e tentava pescar alguma solução que fizesse sentido para os dois, aliás, ele também não tinha a resposta certa que proporcionasse o alívio desejado. Iniciou dizendo que muitos procuraram compreender esse fenômeno antropologicamente e poucas respostas se mostraram de forma concisa o suficiente para explicar esse fenômeno.

— Particularmente — respondeu Heitor com o coração entre os dentes, mas precisava arriscar-se — tento encontrar um jeito de separar crenças religiosas de ciência, mas sucumbo à dificuldade nos caminhos. Não é comum ouvirmos ou lermos análises que apontem para explicações centradas no poder de subjugar colonizados em nome da divindade do colonizador, e que, ao fazerem isso, imprimem a mensagem de que o Deus cultuado pelos dominados é o oposto, o mal. O demônio da fé cristã — Um lampejo apontou no horizonte e refrigerado por isso, sentiu-se menos desconfortável em dar algum sentido que o fizesse acomodar as placas em discordância espacial e continuou — Veja, meu velho amigo, não precisamos ir muito longe para percebermos que a divindade do bem e a do mal foram inicialmente a mesma coisa. Em tempos medievais, o bem possuía as mesmas características da coisa braba até serem divididas em duas partes diferentes uma da outra. Creio que a maldade ilimitada do bem precisou encontrar rédeas políticas e se transformou em algo menos violento, caso contrário, as pessoas depositariam desconfiança ao invés de crença absoluta. Não sei — essa colocação em dúvida o fez sentir-se entre parênteses — não sei se essa explicação está confundindo mais do que esclarecendo. E, como não sentiu ter sido claro, decidiu avançar na explicação — A ideia é pensarmos em alternativas melhores. Devem ter pensado no seguinte, extraímos de um as características mais rústicas e colocamos no outro. Assim, o mal possuiu tudo que há de obscuro e nefasto, enquanto tornou-se péssimo e cabuloso, levando o nome de diabo, e restou a Deus tudo aquilo de bom e virtuoso. Posto isso, sua religião que não cultua o Deus da manhã é considerada detentora de todos os atributos negativos da noite — os dados estavam lançados, agora era preciso aguardar para ver como seriam apanhados por Beijamim.

— Porra, Heitor onde quer chegar?

— Ao ponto onde as linhas se cruzam, lhe respondeu Heitor acreditando em sua tese e disposto a defende-la até o fim — Tudo que é preto ou noite porta o mal e tudo que é branco ou dia porta o bem. O maniqueísmo cosmológico tem um alvo, caro Benjamim. Acertar no coração da noite. Fazer sofrer, humilhar, excluir, rebaixar e excomungar do paraíso todos que não conseguiram ter força e condições materiais de enfrentar com, igualdade, a ideia dos que dominam. Você está sofrendo de dúvida, mas, tenha calma, porque nenhum pai é tão bom que não possa ser mal e tão mal que não possa ser bom. Tem coisas que se assemelham muito ao que Shakespeare disse sobre isso, deixe-me ver se lembro... Sim, lembrei:

Nada existe de bom ou de mal, senão os pensamentos que fazem as coisas assim parecerem. Como percebe caro amigo, não importa o Deus, mas a institucionalização dos valores atribuídos pela religião. Esses afetos são produtos de nossos anseios em querer separar, dividir, desmembrar e desprender, situando do lado de fora o que é de dentro.

Benjamim pediu duas águas de coco e pensativo sentiu o coração descer da boca e voltar para o lugar de origem. Tomou um gole longo e após engolir como se fosse cubo de gelo, levantou a vista e disse pra Heitor o seguinte.

— Você tirou de Deus e o diabo a culpa, e despejou em mim a merda que há pouco me tragou, mas não quero entender as divindades como ilusões, as tenho na vida a partir da concepção de reais. Seres que por aqui passaram e outros que, de tão evoluídos não desceram, devido às merdas que fizeram na terra, por causa da carne, sangue, ossos e poder. Depararam-se com os efeitos nefastos de suas ações e quando se perceberam nas merdas, conseguiram evoluir e aceder à condição de divindade. A partir disso, compreendo o que falou, deuses são deuses e nós, imperfeitos mortais, depositários das injustiças feitas em nome do que é transcendental.

— Não me referi propriamente a Deus ou Deuses, mas à religião — disse Heitor — com apreensão por ter sido mal-entendido. A relação com divindades pode ser outra coisa e não, necessariamente, sustentada ou apoiada numa instituição. A religiosidade, por exemplo, em alguns casos, é estabelecida de forma direta, sem intermediários, entende? Resisto em pedir desculpas por algum engano que tenha se instalado em nossa comunicação apenas disse o que penso sobre o assunto.

— Estou atento a seu discurso — disse Benjamim — com ar de concentrado em cada palavra dita por Heitor. A confusão está assentada nos termos da crença, como se um e outro não fossem exatamente distintos. Foi isso que me angustiou — continuou Benjamim. Inicialmente, atribuí ao que disse uma reprodução, mas vejo que estou errado. É o contrário, separaram para que a guerra santa permanecesse viva em nosso imaginário, e quando o pomos em questão, nos transformamos em homens de pouca fé. Pois lhe digo, com segurança, o que me fez entrar em agonia, minha moralidade diante do exposto do que a consciência nega e, sendo assim, minha fé será menos reticente. Em pensar que um dia acreditei na hipótese de Deus ser o produto exato daquilo que amamos e tememos.

— E por que não? — respondeu Heitor, e, acreditando ter encontrado uma brecha por onde devia seguir permaneceu no caminho traçado — Isso significa que, ao diluirmos a cegueira da fé desmedida em sensatez, percebemos o quanto de mal se faz em nome da face monstruosa e sem medida de Deus, quando na verdade nos escondemos atrás da máscara pra realizar nossas fantasias cruéis. Uma coisa é fazermos o que queremos sem subterfúgios, arcando com as consequências dos nossos atos, e outra bem diferente é o uso canalha de um poder extremamente poderoso como ferramenta de alienação e exploração dos corações aflitos e estúpidos das mentes ávidas. O que busquei nisso que falamos é construir juízo crítico em que o objetivo é ser um pouco racional. Entenda meu caro amigo, fé não precisa ser sem explicação plausível e com desconhecimento histórico dos movimentos reveladores dos antepassados, nessa merda toda entre mundos, etc... é o homem que destrói a si mesmo e aos outros sem piedade. Seria de uma prepotência perigosa dizer que não exista nada além de nós no universo, apenas me arrisco em atribuir ao homem os males sofridos em nossa civilização. O que houver para além da carne que moldura nossa existência, não perderia seu tempo causando intrigas e provocando guerras insanas, atribuir às divindades maldade e bondade é um artifício dos que, por desamparo, justifica as incertezas em afirmações fornecidas e absolutas do livro dos livros. Quanto a mim, nobre Benjamim, resta a imperfeição e busca por conhecimento em nome da sabedoria. Faço das palavras de Pedro Nava as minhas, ele disse o seguinte: a experiência é um farol voltado para trás. O caminho a seguir é longo e oblíquo e o caráter sinuoso das curvas caracteriza a silhueta de crueldade dos confrontos entre aqueles que amamos. Prefiro isso a percorrer as formas do falso em garantir sorrisos e tapinhas nas costas, encarar as perdas de cara limpa e esperar que o tempo elucide a verdade antes que os vermes da ignorância comam as sobras da amizade e respeito. Heitor estava tomando consciência de que, quando não expressava as emoções, elas saiam da pior forma possível e encarar a reação de um amigo tão importante em sua vida sem recuar era crucial. Mas o que é que não estava encaixado naquele diálogo para que Benjamim tenha feita aquela defesa? É claro que sua explicação envolvia aspectos conflitantes e podia sugerir ter sido preconceituoso a ponto de revelar algo nele que projetasse uma imagem nociva sobre a fé que Benjamim deposita nos deuses que cultua e acredita sem titubeios. Lógico — pensou Heitor — posso ter demonstrado uma discriminação e isso pode ter provocado aquela reação nele! E aqueles minutos em que não trocaram uma palavra dita se quer oportunizou os dois retomarem a conversa de onde pararam para estabelecer um linha de raciocínio que se complementasse e esclarecesse os pontos em discordância. Quem começaria a falar primeiro seria a primeira equação a se resolver, e num movimento reto, Benjamim pegou as palavras que saiam daquelas mentes em ebulição e disse a Heitor.

— Senti-me ofendido quando negou a existência daquilo que acredito e, não há na exposição de suas ideias a reprodução das velhas práticas cotidianas em reforçar o paganismo dos que acreditam em algo diferente das ideias dominantes? Essa referência fez Heitor acender outro cigarro num claro argumento silencioso do nervosismo que fora posto, tragou a fumaça seca e quente do placebo, reagrupou os miolos e olhando para o horizonte respondeu com a calma necessária dos monges tibetanos.

— Posso ter agido como um crápula — olhou desconfiado nos olhos de Benjamim e essa afirmação invadiu seu coração, tal qual, a lança do destino entre as costelas de Cristo.

— O radicalismo é interessante quando firma a posição do caráter e compreensão justa de uma pessoa, Heitor — sem delongas, Benjamim continuou em defesa própria — no entanto, considero sem aplicação para o que falou sobre deuses, demônios e religiões. Ao serem aplicadas como dominação e poder, tudo isso se torna alheio ao interesse transcendental do que estou imerso em minha fé. É possível também ter fé no homem e dele esperar soluções importantes que se coadunem com interesses evoluídos, o que não quero e talvez não possa é perder a fé, pois, se assim o fizer posso me tornar um ser sem escrúpulos e limites. Já imaginou a sociedade sem fé? O que restaria de nós no mundo? Um deserto total. Tenho medo do fatalismo, mas não me surpreendo com a capacidade de líderes conseguirem iludir as massas com ideias nefastas a elas mesmas. Olhar o vazio é assustador demais, é preciso alguma coisa pra servir de sustentação, desde que nos incite a buscar respostas coerentes sem desmerecer e desqualificar como fizeram a meu povo. Tentaram de todas as maneiras esmagar suas esperanças e, sem vitimismos, eles sempre se erguiam e reagiam mesmo que pagassem com a própria vida. Encorajavam os mais jovens a lutar pela independência, e faziam isso na maioria das vezes, de estômago oco e sem garantias de conquista. Imagine você como eles foram grandiosos em seus ideais de liberdade nas empreitadas, existir tornou-se alimento de resistência e lutas sangrentas em defesa da continuidade dos valores, tradições, princípios e morais mesmo tendo o desgosto de adaptar costumes estrangeiros aos hábitos rituais de interligação aos ancestrais guerreiros e guerreiras das terras margeadas pelo oceano atlântico. Olhavam as lembranças e elas não escapavam da ideia e permaneciam nos afetos garantindo a continuidade através das práticas rituais transmitidos pelos mais velhos. Sempre respeitados a admirados por transmitir que a justiça nunca pode ser anestesiada pela maldade dos que escraviza. O que mudou séculos depois? Continuamos lutando, sangrando, morrendo, existindo e resistindo, isso cansa, mas é necessário. Então, ao falar sobre eu estar em dúvida sobre os deuses que acredito e honro desrespeitou os que me antecederam e tudo o que foi deixado por eles como legado de conquistas. A tradição é para ser lembrada com respeito, consideração e restituição dos gozos que lhes foram roubados.

De gosto azedo e caudaloso, a água de coco perdeu em paladar. Isso não significou a ruína das admirações mútuas, o que aconteceu foi o fenômeno pulsante das relações em transformação. Relacionamento é mesmo uma loucura, como é insano se abrir para o outro sem se perder um pouco no labirinto da comunicação.

— Falou alguma coisa? — perguntou Benjamim.

— Quase, mas falarei porque só assim acredito que posso expor o que está me apertando o peito — Parecia que a ventania queria levar seus pensamentos como ocorre com as casas em meio ao furacão, o jeito inofensivo e ingênuo que ditava o jogo de suas ilusões intercambiavam com a necessidade em desobedecer às regras autoritárias da censura. Essa blasfêmia mental desacelerava e adotara o princípio da desordem como medida de confluência com o mundo a ser transformado. Os dias passavam para Heitor a cem quilômetros por hora, em que os freios renunciavam ao cabo de retenção, essa engrenagem desmontava a maquinaria, oxidando pouco a pouco o ferro da obediência servil e ideológica do humanismo simplório. Sim — disse Heitor —, eu preciso falar. A educação que montaram em minha consciência tinha nos trilhos a obediência civilizatória.

Quando lembro as inúmeras vezes em que me vi engolindo o choro e calando minhas críticas em nome da harmonia e do bem-estar dos que me cercavam em ternura, fico em vertigem. Antes pudesse delirar e pisar na lua com os pés descalços, mas não, o que eu ouvia sentenciava a revolta na borracha da sola da realidade moralista e conservadora do paternalismo hereditário. A liberdade é um risco, já dizia o poeta e, sempre haverá um preço a ser pago por assumi-la. Recolhido na topografia de mim mesmo, recuso-me ao isolamento da pequeneza dos ideais de reclusão em calar-me diante das oligarquias dos iguais. Quero a diferença como modelo de superação de divisas com pontes ao outro, sem reduzi-lo à condição de objeto ou estatística infeliz. Aquele intervalo atemporal entre os dois escandalizou a barreira do silêncio. Benjamim, com olhos de lince e ouvidos de tuberculoso, ouvia cada palavra dita baixinho pelo amigo e, sem interromper o desabafo, manteve-se igual genuflexório esperando ele blasfemar em posição de reza a reflexão diabólica das correntes abstratas. A tarde caía em cortina e até a arte de falar precisou de descanso, despediram-se como quando se cumprimentaram.

Supondo que um porvir não se pode abrir, a não ser que um passado se apague.

Apegado a essa máxima que ocupou o espaço deixado pela conversa com Benjamim, deparou-se com as intermitências do passado sempre a cobrar o recibo de suas ações no presente. Infeliz vida!. Gritou entre dentes o seu tormento de estar entre mundos, da impotência à impossibilidade algo se fez lembrança e concordou em partes com Bruno Bettelheim quando falou sobre a incapacidade de nomear e de descrever o que oprime que obriga a enterrar as coisas tão profundamente, que se torna impossível atingi-las. Existem acontecimentos que se não forem falados mesmo que isso chateie quem escuta, e quem diz ficará no esquecimento e luto para mim — refletiu Heitor — é importante que seja dito. Até porque se se idealiza algo e isso cai, a pessoa se arrebenta, mas que se arrebente tentando dar conta do que aconteceu. Dando nome aos bois como falam. Heitor estava atormentado por ter ofendido o amigo, que preço infeliz a se pagar, pensou. Porém, não me calei. Que coisa mais obtusa ser ilha pra náufrago e não poder expô-lo a tempestades. É óbvio, que por desconhecimento, fui encurtado nas interpretações e esperei dele exatamente o que sucedeu, reagiu sem me excluir.

Dialogar é realmente uma arte e saber escutar é sublime, nos escutamos e disso extraímos o suco do encontro. Impossível de atingi-las, sobre isso apalpo a realidade e rebaixo minha prepotência, tem certas coisas que são duras de produzir substantivos e aplacar a dor, haverá sempre um detalhe que escapará à compreensão mais profunda e serão apenas circundadas.

Existem aspectos da vida que não são possíveis de ser identificados e que cavam o oco, um lugar ou fora de sentido a atormentar o juízo a empunhalar os pulmões. De fato, Heitor se viu diante do inesperado, e surpreendido pelo óbvio não enxergou os passos esmagadores da reprodução de tudo que oprime. A escravidão, acontecimento absoluto da história, datado e descrito em por menores através dos historiadores, não impediu que seus efeitos permanecessem tão vivos em dissimulações nas palavras cruéis da naturalização e ou banalização cotidiana. O caráter direto e ofensivo dos abusos cedeu lugar ao disfarce incognoscível de quem o pratica, mas Heitor se corroía de ódio de si ao perceber, no saber, o antagonismo das negações em defesa da ignorância como postulado infinito, a recusa estava sendo direcionada à afirmação dos privilégios que o envolviam e assumi-los possibilitava desfazer o mal-feito tecido em ponto de cruz nos caminhos que o levou a chegar até aqui. As lágrimas corriam o rio das maçãs ossudas do rosto fragmentado dos que encaram a verdade sem vaidade, a solicitude do traçado percorrido por cada lágrima despejada, combinava com a culpa em se sentir um idiota. A sustentação da hermenêutica aplicada em defesa própria, quando fora interpelado, ganhava contornos tristes e derradeiros, o oco cavado se mostrou preenchível a partir do reconhecimento do abandono de Deus a seus chamados por misericórdia. Essa incompreensibilidade na ausência de respostas advindas dos céus, espalhou sementes na terra de suas imaginações e, claro, o fez perceber que nem sempre vem do azul a resposta para essas questões, e sim, do chão. Essa coisa rachada e dura onde as fissuras absorvem o sangue deixado pelos passantes de pés em flor, submete até os mais valentes ao desafio inescrupuloso da vida. Os búzios do destino revelavam o caminho árduo a ser trilhado e se, uma vez sendo obedecidas as orientações, sua entrega e confiança renderia a paz necessária na condução dos laços a serem reconstruídos e construídos sem os ruídos incômodos da foice com lâminas afiadas à espera do repetido.

Imbuído do trabalho a ser operado, deparou-se com um fato extremamente silenciado e calado pelos livros correntes, o personagem dessa missão foi um negro, que nasceu em Djougou, entre 1820 e 1830. O nome dele é Mahommah Gardo Baquaqua. Mas — espere, disse Heitor — preciso compartilhar essa informação, é possível que Benjamim não tenha conhecimento disso e acredito que posso recuperar sua confiança em mim, depois do ocorrido em nossa última conversa dias atrás. Ligou e marcou no mesmo lugar que o rio corre em correnteza branda para as bandas dos excluídos. Chegaram ao local previsto e com apertos de mãos que romperam os abraços tão bem cultivados por Heitor, seguiram andando sobre os jenipapeiros.

— Ouça, meu velho amigo, fiz uma descoberta muito importante e acredito que lhe interesse. No século XIX, bem no início, nasceu um cara muito forte. Esse é o único atributo que vem à mente para descrever o tamanho de seu desejo em sobreviver, exatamente isso, sobreviver. Muçulmano de nascença, e ainda muito jovem precisou participar de guerras locais sangrentas de sucessão, mas deixemos isso um pouco de lado e nos atenhamos ao que interessa nesse momento. Ao contrário dos que pensam as mentes cheias de merda, ele foi o primeiro negro a escrever uma autobiografia sobre sua trajetória de vida e, inclusive, sobre sua passagem aqui no Brasil. Sequestrado após uma emboscada por inveja de seus confrades, foi embarcado para cá por volta de 1845 e arrastado para o Estado de Pernambuco, por lá ficou em torno de dois anos sendo tratado como animal de carga por um padeiro que vivia nas bandas de Olinda. Sofreu todos os tipos de castigos e que não consigo imaginar, nem ter a dimensão do que seu corpo sofreu, entre carregar e construir casas, aprendeu a língua dos colonizadores e, com muita determinação e inteligência, foi lidando com as crueldades de outrora, com tamanha paciência, que nenhum budista está preparado para descrever. Claro, em busca de alívio pelos maus-tratos sofridos e humilhações de toda ordem, sucumbiu ao álcool como ilusão necessária. O suicídio também foi alvo de seu intento, mas a capacidade de sua força em viver foi maior do que as injustiças sofridas. Não que se tivesse se acabado no álcool ou morrido usando suas próprias mãos, sua dignidade seria destruída, de forma alguma. Esse homem foi uma pedra no sapato do regime escravocrata.

No Rio de Janeiro, foi colocado num navio de nome, no mínimo, amparado pelo cinismo de outrora: Lembrança. E em meio aos cafés, lá por volta de 1847, conseguiu chegar aos Estados Unidos da América, especificamente, na cidade de Nova Iorque, bem no mês do que aqui seria o São João. Alguns abolicionistas o receberam no porto e, de imediato o ajudaram a fugir, ação frustrada e triste foi capturado e quase foi colocado de volta no lembrança e ao passado de sofreguidão.

Esse homem forte e resistente foi parar no Haiti e viveu um tempo com um missionário, um tal de Judd — Heitor fora imediatamente interpelado por Benjamim.

— Se ele acreditou na caridade de Judd com certeza, deve ter sido esticado o coro das costas.

— Concordo com você, o esticamento foi ser convertido e batizado e, em 1848, retornou aos Estados Unidos, e não sei como ele conseguiu voltar, nem me pergunte. Ah! Lembrei, foi devido às brigas políticas que estavam acontecendo naquele período e que não mudou em nada nos dias atuais. Baquaqua estudou no New York Central College por uns três anos e, em 1854, foi para o Canadá. A partir de 1857, antes de sumir do mapa, e claro, forte como era já estava na Inglaterra, sobrevivendo à crueldade do dia.

— Não conhecia essa história, Heitor, tive conhecimento do que foi feito com Solomon Northup. No entanto, uma das características de suma importância do que me falou é a desconstrução da patologização do negro a partir de um complexo de inferioridade observado por brancos europeus aos africanos, essa necessidade que havia e ainda há de submeter os negros a essas condições tinha objetivo e funções específicas. Essa inferioridade imposta pelas condições de colonização foi a causadora de muitos dos sentimentos relativos aos diagnósticos, foram os colonizadores que inferiorizaram, não existia antes da escravização diaspórica. O próprio Fanon falou sobre isso em um de seus livros, a estrutura social foi uma das principais formas de exclusão. O que não mudou nos dias de hoje, como você pode observar, foi que o jovem Baquaqua era forte e resistente e lutou por sua própria vida, bem como em apoio ao movimento abolicionista de sua época. Igual a ele havia muitos outros destemidos e que foram, barbaramente, assassinados em tentativas de fuga ou em organizações coletivas para esse fim. A consideração tendenciosa e cínica de imputar tal inferioridade, somente serviu para que nos utilizassem como animais de carga, e pior, nos fizessem acreditar nisso.

— Realmente — reconheceu Heitor — isso fica menos difícil de entender quando o próprio Baquaqua disse: "Naquele dia, enquanto examinava meu corpo dilacerado sangrando, refleti que, embora estivesse machucado e despedaçado, meu coração não estava subjugado". Essa passagem em que ele conseguiu descrever com palavras escritas, o oco escavado demonstrou sua capacidade enorme de resistência perante o tormento vivido. Com isso, podemos concluir que a dita inferioridade foi e é um artifício que retira da estrutura social as fontes que justificam os mecanismos de exclusão pela cor e o consequente mal-estar psicológico de se considerar inferior.

— Existem ainda outros elementos que fortalecem a incidiosidade da discriminação — Benjamim tomou para si a fala. As historinhas infantis que transmitem a ideia, em imagens de demonização do negro dando a cor preta às figuras mitológicas de terror, são exemplos óbvios desse processo, e pior, criam pouco a pouco a ideia de verdade sobre essas narrativas a ponto de, como você bem o disse, fazer o negro acreditar e fortalecer a ideia de inferioridade, obediência e servilidade marcadamente inscrita na estrutura social. Antes, contudo Heitor, é preciso que me entenda, esse sentimento é inevitável a todo ser humano nem por isso é necessariamente patológico. O que ocorreu naquela péssima época foi que se aproveitaram dessa característica comum e a tornaram específica. Até é corriqueiro vermos homens e mulheres negros com a cabeça baixa em contextos de exploração como se o vetor causador fosse a baixa renda. O vil metal faz parte da escala de horrores, mas o que antecede à trágica realidade está escrito em tudo que você trouxe hoje nessa conversa, a baixa renda é o efeito dessa exclusão eterna.

Todo esse assunto é bastante sedutor e importante de ser falado, porém acredito que você tenha algo mais a dizer com toda essa história. Ratifico o agradecimento das informações que trouxe até mim — de fato Benjamim nunca tinha ouvido falar de Baquaqua e o que chamou mais ainda a sua atenção foi a evidência do desinteresse da educação em não transmitir esse conhecimento, logo ele que estudou toda sua vida em escola pública e que a maioria dos estudantes eram negros e advindos de realidades sócioeconômicas adversas. O que estava por trás das cortinas do poder? Como uma autobiografia escrita com essa envergadura de experiências escritas em palavras, e que era almejado a todos os interessados saberem, obteve um curto alcance? Com certeza — pensou bem baixinho e com o olhar longe — isso causaria revoluções e o numero de escravos e ex — escravos se insurgiriam. O quanto de álcool esse homem precisou consumir para não morrer de fome e frio? A venda do livro ajudaria individualmente em custeio do básico na vida e coletivamente produzindo repúdios e fortalecendo decisões urgentes de ajustes de contas com os esquecidos. Olhou definitivamente para Heitor, que estava nesse momento com os olhos marejados em ouvir a profunda compreensão de quem sabe, na pele, o que está dizendo, e se posicionou para receber o lince por trás daqueles olhos escuros como a noite. Você tem ótimas intenções e isso é fundamental para fortalecer a democracia frágil que temos, sei que sua busca por mim se deve ao que houve em nosso encontro passado. Fale o que anda o incomodando.

— Sabe o que é — disse Heitor sem delongas — Benjamim era um tipo de homem que atravessa um rio a nado — Reconhecer que o machuquei me fez entender o tamanho daquilo que nos uni e nos separa. Aproxima-nos porque compartilho com você o mesmo discurso antirracista e, nos distancia em decorrência de não ser na pele aquilo que defendo, somente você pode falar do lugar daqueles que sofreram e sofrem com os mecanismos espúrios de exclusão, naturalização, exclusão e banalização dos males causados. O aspecto antológico de Baquaqua me foi irremediável por justamente querer lhe mostrar que sua história como a dele só pode ser escrita por mãos apropriadas. Quis lhe pedir desculpas pelas ofensas que fiz e o quanto fez falta não me sentir no direito afetuoso de lhe dar um abraço.

— Realmente, Heitor — com a voz embargada, porém firme em convicção — não lhe dei um abraço por posicionamento, isso não quer dizer que você tenha perdido o meu sentimento de amizade e respeito, é que meus antepassados foram muito humilhados e tirados de suas verdades por outras cheias de lindas explicações e hermenêuticas, ando revoltado com o curso regressivo que nossa sociedade vem tomando, aliás o mundo está fascinado pelo delírio de grandeza das elites a ponto de conseguir fazer que um pobre, negro e homossexual se converta ao conservadorismo de fascistas e proto-nazistas sem resistências.

— Meu nobre amigo — percebendo que Benjamim o acolheu, mas não lhe reteve, igual cesta de basquete que recebe a bola para no mesmo instante deixa-la sair, tentou ainda tentou se recuperar — esse personagem real que descrevi consegue reunir em uma só pessoa todas as exclusões possíveis. O racismo, a homofobia, e os conflitos de classe. Esse fenômeno, como disse Buarque, homérico no mundo, embriagou em demasia os vulneráveis a tal ponto de tê-los tornado igual àqueles que os abominam. O viralatismo pungente que rege essas pessoas, por mais que saibamos ter origem no colonialismo, é repugnante. Isso enfraquece demais as conquistas obtidas e fragiliza o que ainda tem que ser garantido. Antes revoltado do que obediente.

Transformar o familiar em estranho era a pretensão de quem tem muito a dever em consciência, Heitor admitia isso com tanta veemência que a revolta de seu amigo moldou a revolta e a absurdidade em seu corpo, igual a madeira sendo talhada em pequenas pancadas a esculpir o conteúdo e dar forma à verdade. Um desejo imenso de gritar invadiu seu bom-senso com tamanha intensidade que qualquer um que o visse naquele estado ouviria, com nitidez, o pavor de sua angústia. O grito quase saia pelos poros quando Benjamim levantou-se da pedra que estava sentado e, em gesto rápido, o abraçou com força e sussurrou em seu ouvido.

— Não nos permitamos o apartheid contemporâneo, agora você pode, ao menos, imaginar nossa dor!

O grito deu lugar ao choro compulsivo com uivos restritos ao espaço ocupado pelos corpos envolvidos, aquele momento durou o tempo que foi preciso e, nesses casos, não é mensurável. Benjamim, forte como uma rocha, por mais afetado que estivesse com a demonstração sem plateia e cenário, emitiu uma leve tossida que mais parecia pigarro, um disfarce quase perfeito, mas que foi fisgado por Heitor no ato. Sabedor da firmeza do amigo, manteve-se em silêncio, pois não queria alterar um milímetro do sublime momento que estava vivendo. Recuperar a confiança garantiu seu lugar no coração daquele velho turrão e detentor das mais inquietantes sabedorias.

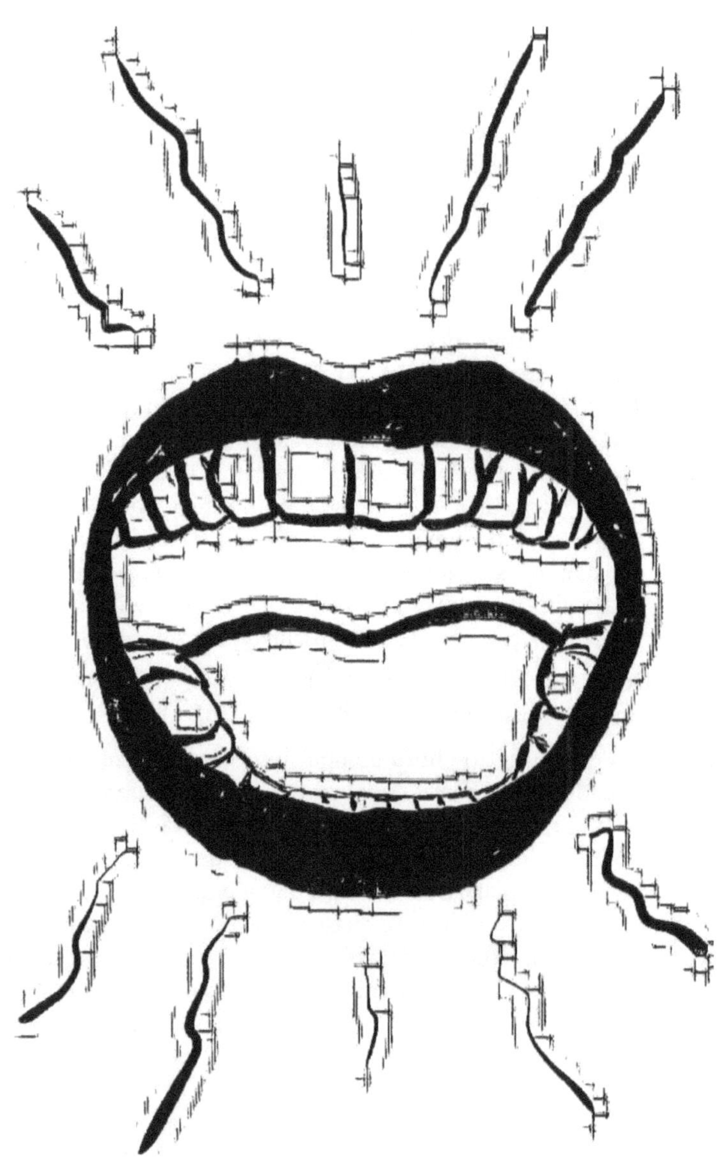

Capítulo X

Benjamim

A tônica regulatória da vida de Heitor amadurecia a luta contra os descendentes dos cúmplices dos carrascos, orbitar era perda de tempo e a ampulheta implacável o impelia às ações práticas. Porém, naquele momento de dor e angustia, a única voz que poderia sair de sua boca ficou travada, suas ações se resumiram à tentativa de assimilar a mensagem transmitida por Benjamim. Elaborar as reflexões era um exercício penoso, apesar de fundamental, nem sempre esse processo se dá no tempo desejado por atravessar múltiplas barreiras que estilhaçavam os valores e ideais em que Heitor fora embebido insidiosamente nos disfarces recreativos de sua historinha familiar. Sem fôlego, pediu para que ficassem em silêncio, o que fora prontamente recebido por Benjamim de forma positiva e consentida, havia nele, pelas situações vividas de discriminação e marginalização impostas uma necessidade de ser radical com tudo que viesse do outro lado, mas a experiência lhe mostrava as nuances de sensibilidade em tratar os traumas invertendo a lógica do revanchismo. Defensor de que somos compostos por energias diversas, se aplicasse no outro o que havia sofrido poderia cair nas armadilhas do remorso reabrindo feridas insuportáveis. Para esse velho sábio, a ideia já tinha sito implantada, o tempo seria o principal encarregado em fazer o movimento de retificação na compreensão dos que são permeáveis às mudanças significantes na prestação de contas com o passado. Sempre atualizado com roupas novas a distorcer os fatos em argumentos torpes e insalubres do ponto de vista das conquistas nunca ultrapassadas. Esperou Heitor se recompor, e o que ouviu animou sua alma e teve uma ponta de certeza na crença realística de que nem tudo está perdido.

— Heitor argumentou se se justificar — Uma vida de privilégios foi o pano de fundo a balizar os caminhos traçados e que me pôs em alienação, fui educado a ver-me na perspectiva do outro e, nessa lógica, não conseguia ir além do que me fora apresentado como verdade, no entanto, alguma coisa não fazia a engrenagem funcionar para o descontento do outro que me alienou, a realidade da vida por mais negativa que fosse sempre deixava pistas em migalhas de pão e punha umas pulguinhas atrás da orelha.

— Qual era o nome dessas pulgas? — perguntou Benjamim.

— As pessoas que faziam parte de minha vida e que não ocupavam o lugar privilegiado dos distintos, nunca, repito, nunca demonstravam os adjetivos negativos que eu ouvia. Darei alguns exemplos, é importante que sejam falados por você. O que será dito não me ferirá, conheço-os de ponta à cabeça. Eu sei que a maturidade que alcançou é reflexo da consciência crítica e não romantizada, caro amigo! É que as palavras são embargadas por minha consciência também, essa coisa vil e teratológica não deveria ser lembrada.

— Ledo engano, Heitor, elas não podem ser esquecidas, esse é o truque de mágica em todo processo de elaboração que todas as pessoas deveriam exercer. O tempo todo essas memórias são vistas como desnecessárias e o que estamos vendo é uma verdadeira repetição daquilo que é impedido de ser pensado e posto em discussão. O mal-estar que o afeta precisa ser submetido à razão mais cruel em se tratando de assumir responsabilidades, tomar-se como culpado e paralisar diante esse sentimento é uma grande bobagem, mas se isso o agitar perceberá o quanto é imprescindível constatar que esses privilégios permitiram que sua vida fosse bem-sucedida e que, para que houvesse ganhos outros tiveram que perder, esses outros são pessoas como eu que não tiveram direito à educação de qualidade e condições iguais de lutar por recursos que trouxessem melhores condições de felicidade, segurança e conforto como os seus. Há alguns dias, estava ouvindo uma música em que Billie Holiday fez uma das versões mais difíceis e belas, pela natureza perversa do contexto, que já ouvi em minha vida — nesse momento os olhos de Benjamim que marcavam tanta força renderam-se às lágrimas e, pigarreando em pequenas tosses, falou sobre a música — O nome da letra é "Strange fruit" que tem uma passagem muito esclarecedora e que servirá para entender que, por mais próximo que se aproxime dos nossos sofrimentos, nunca será capaz de sentir realmente o que nós passamos, ela diz o seguinte: árvores do Sul, carregadas de frutos estranhos. Sangue nas folhas, na raiz, sangue nas entranhas. Corpos negros balançando na brisa que para o Sul migra. Fruta estanha pendurada na Populus nigra. Cena bucólica deste sul valente, a boca retorcida e o olho saliente. Doce magnólia, fresca e perfumada. E de súbito o azedume de pele esturricada. Eis uma fruta para o urubu bicar, para a chuva recolher, para o vento tragar, para o sol apodrecer, para dá árvore despencar. Eis uma estranha colheita, estranha de amargar — enxugando as gotas de sal que caíam em cascata, parou para se recompor antes de continuar — Independentemente de essa coisa aberrante ter sido praticada nos países do Norte, também foi praticado aqui, nos países do Sul. Arte que não acossa, não faz sentir. Pessoas, Heitor, eram penduradas nos galhos de árvores, antepassados meus que não se rendiam aos seus senhores eram esmagados, o que mudou? Detalhes foram mudados, e só.

Os olhos abertos e com as maças do rosto ruborizadas e tendo cada fio de cabelo de seu corpo arrepiado com o que Benjamim trouxe de 1932, Heitor ficou pasmado. Nunca havia ouvido Billie Holiday e uma letra que mergulhava fundo com a arte interpretada por ela, também não fazia parte de seu vocabulário tangenciante. No entanto, durante os segundos eternizados em que sua fala ficou embargada por "strange Fruit", lembrou-se das telas de uma artista que admirava e respeitava pelo belíssimo trabalho desenvolvido e que refletia aqui, o que não é espelho, é origem. A África. As obras de Rubem Valentim tinham esse poder de fazer as imaginações navegarem por mares nunca trafegados, o desenho simétrico das formas e o valor simbólico em cada traço, representavam as insígnias de fé de povos ancestrais na Roma negra, a Bahia de todos os santos.

— Benjamim, meu caro amigo, nada é tão elementar e constrangedor como o diálogo, abrir-se para alguém é uma loucura desvairada, e tão importante quanto o seu lugar de fala é o meu lugar de escuta. Saber escutar é uma arte e quando ela é posta em ação, até o silêncio tem o dom de elucidar. A cada palavra que dirige a mim, e que carrega essa coisa pulsante e cheia de vigor identitário, é transformada em lenha para manter nossas mentes acesas e abertas ao novo. Um novo mundo de perspectivas sem perspectivismos, entende? Quando você falou de Billie, e eu de Rubem, pode até parecer loucura o que pensei, mas a minha escuta tem se tornado numa fala em silêncio, em que saber ouvir, é tão importante quanto saber falar. Olhemos ao redor e acompanhe meu raciocínio, estamos em um território que outrora fora uma fazenda e somente o rio e animais silvestres registravam a existência de ocupação. Com o advento do urbanismo desenfreado que essa região presenciou, o inevitável aconteceu, pessoas vulneráveis foram empurradas e aqui se instalaram. De maioria negra e pobre, o que mais me convoca a atenção é a capacidade criativa dessas pessoas em busca de sobrevivência e dignidade. Das telas de Rubem, à voz marcante de Billie, o que vemos aqui é o retrato pintado e falado de realidades injustas e excluídas. O obvio só se torna fato para aqueles que experimentam o real da vida, aos que estão longe disso, cabe às elucubrações virarem realidades contemplativas, pessoas como você têm arrancado de mim a contemplatividade idiotizante por ser privilegiada. Quantas vezes eu fui hipócrita achando que estava certo? Com certeza, muitas. Cá estou eu rendido ao inevitável momento, deflagrado e ensopado em desilusões que, há muito tempo, me mantiveram inerte na posição neutra dos que não querem se envolver. Claro, qualquer implicação poria as convicções em cheque, derrubando sobre mim uma cachoeira de impropérios projetados no aquém do outro, depositário de todas as culpas e infortúnios. Não! Não é o outro o inferno, sou eu mesmo. Com voz monocromática e calmamente impaciente, Benjamim concordou.

— É preciso encontrar seu próprio caminho, somente assim sairá dos impasses do seu passado, não será através de mim e de quem quer que seja. Esse soco dado com as próprias mãos vai ser sentido e, terá sentido, quando não se culpar somente, é necessário fazer exatamente o que tem dito, mover-se.

Com o estômago nauseado pelas revelações que o invadiam, a revolta mostrava-se mais forte do que a impotência e fazer frente à sua angústia no descurtinar da ignorância, pegava fôlego o ímpeto em concretizar suas indignações. Nunca a palavra movimento lhe fez tanto sentido, claro, estar entre os opostos lhe permitia esconder-se do fogo cruzado entre o conservadorismo animalesco e a análise sociológica da realidade. Aquela inércia tinha um motivo e essa desrazão o protegia, proteção que emergia do desconhecimento ululante acerca da própria ignorância. A covardia nunca fez parte de seu repertório de vida, era comum o enfrentamento em defesa dos seus afetos independentemente de onde viesse o ataque, porém isso tudo não estava balizado em parâmetros que se sustentassem na consciência racional dos seus atos, e sim, somente dos afetos.

Quando começou a encarar seus afetos que contrariavam a lógica da consciência tardia que se revelava sobre seu corpo e alma, deparou-se com um dos conflitos internos, mais delicado e nunca antes pensado, a perda dos afetos. Perder quem é depositário do amor não era coisa fácil de ser resolvida, mas a urgência em resolver mostrava-se imperiosa por contrariar frontalmente com a obviedade, a diferença em não se reconhecer no espelho. A disformidade que quase o enlouqueceu tempos atrás, apresentava contornos menos desfigurados quando agia em conformidade aos seus ideais em processo de robustez. O espaço largo entre a manutenção de seus amores e o amor pela individualidade nascente, nas decisões a serem tomadas, eram estreitados no compromisso com o grito dos sofrimentos noturnos, sempre atualizados dos novos afetos que surgiam no coração atlântico no mar de sua existência. Duplamente ferido com os acontecimentos passados e os atuais, sentiu o gosto amargo descendo pelo buraco da garganta, essa azia flamejante não resultava da comida ácida que ingeriu na refeição anterior, mas do repasto canibalesco dos relatos ouvidos por todo seu corpo, tanto de seu amigo quanto do percurso que fizera de ônibus até a caverna, onde depositava as ideias que fervilhavam seu couro cabeludo. Essa azia não se deu em demasia, claro que não, regurgitou sua consciência em prontidão, seguia no refluxo do saber da destruição do muro erguido de tempos indeferidos. De si para si, pensou que se ainda havia refluxo isso se devia a alguma resistência que em sua alma ainda existia, resistência contumaz em admitir as vantagens do dia sobre a noite. O problema se instalava quando se era confrontado com as perdas dos benefícios em ser claro o bastante, e que não adiantava buscar ver-se na imperfeição do espelho. Espelho esse que insistia em desfigurar sua própria imagem num constante desafio à razão.

— Não quero ter mais essa razão! — gritou Heitor — em desabafo no abafado quarto em que vivia, na companhia de seus deuses e aquerontas, convocados nos momentos de desespero e angústias lancinantes a marcar as horas, sem lógica de tempo, das elaborações. Entre o ver e o concluir havia esse espaço, era como se o juiz perdesse a toga e sobrasse apenas o civil em meio ao caos da perda dos poderes mágicos que o martelo definia como certo e errado. Os olhos deitados e fixados no teto eram mais vistos do que vidente, parecia que a parede iria esmagá-lo contra seu próprio peito o arremate da verdade, e foi aí que surgiu, no relance, a afirmação.

— Eu também matei indiretamente a noite. Quantas vezes me vi atacando-a recreativamente sem me dar conta do caráter diabólico do sorriso cínico a contemplar os sorrisos largos dos cúmplices a meu redor, a me terem como um cara engraçado e divertido. A crueldade desses momentos foi maior do que a dor que sentia na carcaça que sustenta esse coração infiel e traiçoeiro. Maior sim — disse ele — os afetados, pela segunda lança maldita sentida no couro, o mal causado infinitamente pelos meios nefastos.

O amarelo ocre das paredes do quarto queimava o juízo, em questões a envolvê-lo nos princípios da fé excomungada, e uma voz oca insistia em dizer, "fraco" Olhando para cada canto do quarto como se estivesse à procura de alguém, Heitor não conseguia entender o que se passava, mais uma vez a voz pronunciou a palavra: atenção! Dessa vez o oco se figurava em som menos opaco, e a forma do que aparecia suscitava lembranças que o remetia a um violoncelo. Abriu a janela lentamente para se certificar de que a palavra ouvida vinha de fora, já que o quarto, dessa fez, não fora tão solitariamente ameaçador, olhava as pessoas passando indiferentes a seus olhares. Na espreita, ficou aguardando que viesse de alguém a voz sem sentido e anasalada a dizer, "fraco"! As horas se passaram lentas, a noite caia como cortinas de teatro entremeadas pelo crepúsculo melancólico daquele fim de tarde alucinante.

— O que devia está causando isso? — Perguntou-se — Não sou louco e não tenho a inimputabilidade de suas ações. Caso venha de minha consciência, voz demoníaca, revele-se, e se proponha contínua, a palavra por si só não descortina as intenções. Andando de um lado para o outro e inquieto com a advertência e, se convencendo de que sua consciência estava lhe pregando um enigma, Heitor fechou os olhos cansados e enferrujados dos dias e noites em claro, respirou bem fundo à espera do que podia ter produzido esse efeito quase alucinógeno. De repente, o sono tomou as rédeas de seu corpo e o pôs num estado de descanso compulsório. Os braços caídos nos apoios do pequeno sofá e, a perna largada ao chão entregava-o aos sonhos, mas sonhos não são bem vindos quando se está atropelado pela insônia, o lugar, normalmente, é preenchido por pesadelos terrificantes.

Rapidamente, as pálpebras levantaram, e assustado com as visões acinzentadas do jardim, manteve-se inerte, à espera do ataque mortífero. Tentou falar, mas a voz não emitia vibrações aos serem pronunciadas, sem vibração, não se escutava, o que o levou a acreditar que os outros também não pudessem ouvi-lo. As pessoas passavam indiferentes a ele de forma frenética, apressadas, atrasadas, olhando as palmas das mãos e apertando botões imaginários sempre que as tiravam dos bolsos. Sem resistência e desconfiado, repetiu o que elas faziam e quando olhou para a mão direita, apareceram teclados luminosos com números e letras que acendiam e piscavam sem parar. Fechou a mão, não conseguia continuar olhando. Abriu novamente, era preciso ver, era preciso. Lentamente a abriu e a luz cintilante dos números e letras piscavam indicando para quem deveria ligar, digitou os números com a mão esquerda e para sua surpresa, apareceu seu nome e, quando aproximou a mão no ouvido, escutou a voz sair de sua boca as seguintes letras: F — R — A — C — O

Imediatamente, desligou a chamada e foi despertado pelo som da campainha. O coração acelerado, os pelos arrepiados, olhos esbugalhados, e com a garganta seca, tentou naqueles segundos que antecederam à pergunta sobre quem era àquela hora, foi em direção à porta e disse.

— Quem é?

— Sou eu, Benjamim.

— É você mesmo,? Ando desconfiado dos meus sentidos.

— claro, que sou eu.

A porta emperrada precisava de pequenos solavancos para abrir, depois de feito isso, Benjamim entrou e se deparou com Heitor assustado e ofegante. Os olhos marejados de quem segura o choro pra não se entregar, fugiram ao controle de Heitor, e como o disfarce não foi exitoso, entregou-se ao choro compulsivo dos que são surpreendidos pelo inominável. Passaram-se alguns minutos até Heitor se recompor. Benjamim, com a tranquilidade de sempre, esperou o tempo necessário para poder perguntar o que estava havendo, e, sem saber ao certo como fazê-lo, preferiu aguardar que o esbugalhado rapaz iniciasse a conversa. Heitor se dirigiu à geladeira e encheu um copo com água e bebeu de um só gole os quinhentos mililitros do líquido apaziguador. A essa altura Benjamim já estava sentado e com os cotovelos debruçados sobre a mesinha que ficava no vértice entre a parede amarelo ocre e a parede branco gelo que a mesinha ficava encostada. Além da pequena janela, a outra entrada de ar era o cobogo que ficava na cozinha bem acima da geladeira e que ajudava a manter o clima menos infernal nos dias quentes. Heitor puxou a cadeira e disse ao amigo, tão rápido como quando bebeu o copo com água.

— Estava assim porque tive um pesadelo e que, ainda não identifiquei se estava dormindo desde quando cheguei em casa ou se o sono me tombou há poucos instantes antes de você chegar.

— Não consigo entender, Heitor, o que está acontecendo?

— Depois que tivemos nossa última conversa, minha cabeça ficou a mil quilômetros por hora e fui acossado por uma forte angústia quando cheguei aqui. Por isso, não sei se entrei em casa e dormi ou se dormi depois, tentarei explicar. Comecei a ouvir uma voz que dizia com um som oco a palavra "fraco", achei isso muito estranho, porque ainda não havia aberto a janela e não costumo ouvir nada do que se passa lá fora, bem como não ouvem o que acontece aqui dentro.

—Não, não estou entendendo, você anda usando drogas?

—Claro que não, apenas uso clonazepan quando a vida pesa. Mas não misturo com álcool ou coisa similar. Essa voz me fez quase enlouquecer, abri a janela e as pessoas estavam indiferentes umas às outras, imagine se se importariam comigo, presas em seus celulares desviando uma das outras por intuição. Depois, a palavra surgiu novamente e foi quando sentei na poltrona e decidi fechar os olhos. Acordei com o som da campainha. Algo tão sinistro assim só pode ser pensado se estivesse em sono profundo a partir do exato momento em que pisei os pés aqui, caso contrário seria loucura.

— Mas, o que sonhou?

— Pesadelo, Benjamim. Pesadelo — disse em voz baixa e com as mãos tremendo.

— Tudo bem, como foi esse pesadelo?

— Eu estava mudo por não sentir as vibrações das palavras ditas, e minha mão direita tinha números e letras como a tela de um celular e quando digitei um número, foi o meu que apareceu e, nesse instante, consegui pronunciar uma única e fatídica palavra. "Fraco"!

— Acho que esteve dormindo o tempo todo, meu caro! Será que essa palavra não é produto seu? Mas fraco por quê? — indagou Benjamim.

— É justamente isso que me pergunto, a quê? Será que tem haver com o fato de eu ter me imputado à crítica sobre ser racista? Meu Deus, como é duro se entender assim...

— Olha, não deve ser fácil, mas é preciso partir de algum lugar e reconhecer isso é um passo importante. "fraco" deve ter alguma relação com isso, creio eu.

— falando com você consigo me acalmar, parece mágica. O poder de dizer sem muitos tropeços o mal que me abala e consome minhas preciosas horas, me faz crer que estou num bom caminho, apesar do sofrimento imanente dos pensamentos que contrariam o curso dos valores que me foram transmitidos, sem meu consentimento. No fundo, todo o mundo deve nascer reacionário, para só, depois, confrontar a autoridade do que foi internalizado como certo. Com certeza, a partir disso, podemos nos tornar menos aprisionados ou livres das amarras do passado do bem que nos fora inoculado. Alívio e remorso são o que sinto com sua presença, meu nobre amigo, o sentimento de culpa é um vilão, inicialmente, necessário antes de ser descartado e considerado ineficiente em seus propósitos conservadores de auréolas com espinhos. Mas me diga, o que veio fazer aqui a esta hora? Desculpe o desassossego da acolhida, você merece melhor receptividade.

— Não se preocupe, acredito que dias melhores virão pra você.

— Espero que sim.

— O que me trouxe aqui é justamente o efeito de nossas últimas conversas e a percepção de importância que tem dado aos nossos diálogos. Essa tensão é importante e percebo em você uma obstinada tentativa de mover-se em direção contrária ao que cresceu, entendendo como natural e banal, de modo a me deixar na expectativa de suas resoluções. Antes, contudo, é preciso lhe dizer que não transforme seu mal-estar em vitimismo barato, do seu lado sempre estiveram nossos algozes, as vítimas somos nós, nunca se esqueça disso.

É justamente isso que tem me feito quase enlouquecer, constatar que desse lado já fui algoz, mesmo discordando, achava graça e qualificava de natural tais abjetas brincadeiras, chacotas e condutas bizarras de descaso e humilhações infligidas, em que o valor humano era totalmente descartado. Muitas vezes, fui fraco, não por falta de coragem, mas por desconhecimento ou alienação a modelos estabelecidos.

— Foi fraco sim, e agora sei de onde sua consciência extraiu esse adjetivo. Ancorar-se na argumentação de desconhecimento é o artifício dos tolos, você não via a expressão de desalento dos que sofriam essas discriminações? A revolta manifesta ou latente nos lábios e no suor que escorriam pelas mãos dos corpos postos em evidências negativas?

— Fui um daqueles cínicos, com certeza — as mão encostadas no rosto em sinal de reconhecimento e vergonha.

— Fraco! e quem sabe ainda não esteja sendo?

O som anasalado foi o diferencial da voz de Benjamim, o resto era a voz que ouvira de sua consciência acústica. Talvez fosse isso que quisesse evitar, saber-se ainda fraco diante do entendimento de seu lugar. Antes, era preciso assumir o lugar de privilegiado para que seu silêncio fosse rompido. Essa fraqueza aniquilante tornara-se o pivô de sua vida e nada poderia demovê-lo disso, essa dor era somente sua e o caráter intransferível do conhecimento tornava sua ciência em ineficaz antídoto. Antes de falar algo, pensou.

— Esse pássaro negro não me trouxe mau augúrio, ele é o portador da mensagem apocalíptica da verdade em chamas. Somente a você consigo autorizar considerar-me um fraco, porém eu sei que não fala isso pra me desqualificar. Desmobilizo-me com sua lógica que entorpece meus sentidos e abre a hiância de minha existência. Em outros assuntos, é-me possível transitar com segurança e certa tranquilidade. Sinto-me senhor de mim, mas por esse caminho sou engolido pelo estranho que me habita, sei que seria pedante lhe pedir paciência, aliás, são séculos de maus-tratos e desrespeitos à dignidade humana. No entanto, cá estou eu, "tête-à-tête" com você e meus subterrâneos monstros sem me permitir fugir ou disfarçar-me de probo. O que nos uni são laços fraternos de ternura e mansidão mesmo diante de tão duro saber, nos reconhecemos do mesmo lado. Afirmo-me como fraco por ter sucumbido ao disparate filial dos afetos constituintes. Aquele tempo, não encontrei alternativa forte o suficiente que me pusesse em pé de guerra com garantias viáveis de sobrevivência, a não ser, pequenos embates sucumbentes. Sempre ameaçado ou privado de algo que pudesse ser importante, o poder dominante era exercido com mãos de ferro. Em alguns momentos, eram realizadas trocas e que, mais tarde, pude entender serem prejudiciais à minha saúde mental, assemelhava-se ao escambo. Desarmado pelos pequenos objetos sedutores e tamponadores das perdas insuportáveis, meu corpo se rendia às torpezas da imediata satisfação. Mais tarde, os efeitos apareceram, e logo fiquei sem arremate, compulsões se instalaram no lugar que deveria ter sido ocupado pelo amor no jogo de ausência e presença. Heitor aprendeu, sem perceber, que os objetos concretos supriam suas carências, e ao invés de exigir respeito, demandava o amor pecaminoso do ego acariciado. O estabelecimento dessa epistemologia subjetiva, amorteceu deveras a gravidade das desumanidades ou humanidades pífias de seus amores primordiais, resultando, talvez, e isso é possível, em covardia e pseudomalandragem.

Como vês, caro amigo, tenho preferido suprir minhas carências com afetos honestos e sinceros, nem que, para isso, eu fique com o nada. Aliás, o nada sempre me permeou mesmo quando eu tinha o que achava querer, era-me dado o avesso, e de mim, sobrava o sorriso idiota de quem acreditava que estava ganhando, irônico isso, não acha? Portanto, peço-lhe que seja franco, mas que não seja cruel. Existem outras formas de escravidão. Incomparáveis nas motivações, porém bem-sucedidas em seus propósitos. De repente, o som de violoncelo parou de emitir a palavra chave de seus infortúnios, arrefecido pelo desabafo nunca feito, pôs-se corajosamente a olhar os olhos de seu empedernido amigo, que, sem palavras, o ouvia com cuidado e seriedade cada frase deslocada da boca para seus ouvidos. Tirou os cotovelos da mesinha e se ajeitou na cadeira de assento duro e ressequido pelo tempo, e imaginou se outras pessoas sentaram naquele lugar. O quarto parecia um esconderijo, cheio de livros empoeirados e outros abertos sobre o chão, lápis de cores diversas que marcavam as linhas consideradas mais importantes ou que tinham algum significado especial no momento que Heitor, lia. O único sapato estava em baixo da poltrona que servia de cama para o pesadelo, a minúscula cozinha estava com copos e pratos estendidos esperando a brisa para secar, vez ou outra a geladeira fazia um estalido igual a bombinhas de festejos juninos, e o armário repleto de potes vazios, sugeria que ele não fazia as refeições em casa, pelo menos as matutinas e vespertinas. As noturnas estavam dispostas sobre uma pequena prateleira que ficava acima do galão de água mineral meio vazio ou meio cheio. Havia também uma televisão com antena interna acomodada por outros livros, alguns com títulos primorosos e de leitura complexa, a exemplo de Dante, Leonardo Padura, Saramago, Aristóteles, Darcy Ribeiro, Charles Bucovsky, Sigmund Freud, Glauber Rocha, Sartre, Sergio Santana, etc... O da escritora Djamila Ribeiro estava com as pontas das páginas gastas de tanto serem folheadas, e o colorido dos marca-textos lembravam arco-íris. Benjamim se deparava com alguém que realmente estava disposto à imersão nos temas nevrálgicos da sociedade que versavam desde o amor, à cor mais discriminada do mundo, a negra. Múltiplas narrativas, e algumas, apesar de serem escritas a partir de lugares diferentes, se entrecruzavam pelos fins buscados. Havia também a coleção de biografias que para serem descobertas, o visitante tinha que fazer um mapa geográfico para identificá-las, tinha Billie Holiday e a peça do poeta e dramaturgo sergipano Hunald Fontes de Alencar, bem ao lado desse volume se encontrava o livro, a vassalagem das pedras que continha poesias belíssimas e outras tristes quando bem-lidas. Assim, Benjamim encontrava nesse universo inquietante de Heitor, o motor giratório das explicações pornográficas da ciência e erudita dos poemas. Fausto estava dentro de uma caixa de vidro e com um bilhete pregado na madeira fina que sustentava o invisível vidro: "cuidado, uma vez lido, você nunca mais será o mesmo". Benjamim não era de ler com frequência, mas sua aguçada perspicácia autorizava incursões no mais íntimo do espírito humano que, aliás, deveria ser ele que fosse lido.

No fundo de seu coração fraternal e rigoroso, havia a sensibilidade em perceber, até onde é possível alguém seguir adiante, no que diz respeito à evolução pessoal e, também, os pontos de parada. Tem sentimentos que tendem sempre ao pacifismo, quase algo biológico, por assim dizer, e que buscam no amor pela vida combater corajosamente o ódio e seus efeitos destruidores. Heitor, na percepção de Benjamim era uma dessas pessoas que lutam resolutamente contra si mesmo para pôr em prática o aspecto unificador entre os homens, sabia ele que, somos sujeitos de antagonismos misteriosos e que conflitam entre si a todo instante. Muitas vezes, nos tornamos trincheiras de nossas próprias guerras internas, e esse inevitável sentimento de amor e paz machuca profundamente quando vemos o poder praticando o mal em nome do bem. Essa hipocrisia fétida e consumidora movia Heitor no caminho contrário, causando, devido ao reconhecimento desse mal em si mesmo, ânsias equiparadas ao prelúdio do vômito.

O olhar absorvente desse homem de espírito firme continuava sua jornada pelo relativo pequeno espaço em que Heitor descansava seu corpo e via sua mente às voltas com pensamentos desconformes e em conformidade com as descobertas. Por um instante, Benjamim balbuciou, de maneira quase inaudível que a hora já se fazia grande ao vislumbrar o brilho da lua despontando no céu representativo dos homens não notívagos.

— Heitor — disse ele — não seja autocomiserativo, mantenha seu amor por si em estado de alerta sempre. Porém, não esqueça que haverá alguém para além de suas próprias pretensões a ser diferente. Os ideais estáticos somente nos servem de suporte ao que não suportamos, e continuo, ao fazer esse anteparo, nos deparando com o pior que há em nós. Não se evite, evite o que ou alguém que lhe faz mal e, sempre tenha em mente, o outro é o seu avesso que se revela.

Lendo rapidamente as leituras que faz dou-me por vencido e ponho fé em seus intentos por resoluções afirmativas, minha dureza é reflexo do quanto já foram duros comigo, e olhe que não me refiro, necessariamente, a meus pais, e sim a essa sociedade iluminada pela razão do ferro e fogo. O resultado disso são corpos flamejantes e despedaçados e reconhecidos nas estereotipias dos preconceitos irrestritos. Há momentos em que ser cruel, desde que seja para algo ético e nobre, o peso das palavras se situam além de qualquer maldade dado os seus efeitos. Quero dizer que afetar você não é o mesmo que mortificá-lo, compreende?

— Compreendo sim, mas hoje tem sido um dia de difícil acesso à tranquilidade, mesmo a entendendo ser circunstancial ou efêmera, não deveria ser proibido senti-la um pouco, sabe? O gosto amargo entranhado dentro de mim corrói com intensidade indescritível, e existem momentos que o que mais espero é um continente tranquilo para repousar o barco de minha vida e descansar sem nada ter o que pensar sobre tudo. Imagino-me sob uma frondosa árvore e em seus galhos, pássaros cantando livremente para a natureza em flor, sentado em palhas de coqueiros que caíram após forte ventania e que, agora, servem de assento a náufragos felizes. Logo à frente, a imensidão do mar azul turquesa, com ondas calmas, a bater suavemente na praia como se estivessem a beijá-la com a constância de um casal apaixonado. Olhado pelo azul do céu a contemplar-me como objeto vulnerável de sua magnitude força, sorrindo levemente quando roça em meu corpo com seus ventos e moinhos. Ninguém em vista e eu à vista de ninguém, somente a sedução do mar e meu corpo plácido em contentamento com o estar naufragado.

Mas, eis que é apenas um sonho a me tirar a paz e encher-me de desassossego virando o jogo dos devaneios e se transformando em pesadelos. É meu caro amigo, como vês a realidade insistente e cruel já é o suficiente nesses tempos, sei a justa adequação do que houve de cruel em suas palavras e, o caráter ordeiro de seu objetivo. Porém, nesse exato momento, o que mais desejo é o silêncio e a solidão, esse par que conjura tempos de lassidão, em outros lugares oferece sossego e imersão sem ingerências de outrem, sua companhia me faz bem e é extremamente importante que saiba da gratidão que tenho de seu companheirismo e fé no que há de melhor em mim, peço-lhe apenas um pouco de ponderação e olhar astuto ao me capturar nas malhas finas e cortantes das observações. Sim, eu sei que compreende — essa afirmação se deu a partir do menear positivo da cabeça de Benjamim — o assunto é demasiado tenso e delicado, principalmente pra você que muito já sentiu, e viu em si próprio e com os seus, a maldade da discriminação desde tempos longínquos. O mal-estar que de mim se apropria não tem o mesmo quinhão que o seu, e vê-lo forte, decidido e empoderado causa-me alegria e alívio, apesar de entender que a dimensão do caminho a ser percorrido é árduo e sinuoso, sou capaz de seguir as trilhas deixadas pelos ancestrais, em busca de auxiliá-lo nas decisões e estratégias na construção de laços eficientes dos afetos e sagazes dos movimentos pacifistas. Desvarios caminhos me conduziram a meus infortúnios e não os tomo como vencedores, foram inevitáveis no início, contestados no meio e revolucionados ao final. No entanto, esse processo de descobertas, como lhe disse em outra ocasião, é atravessado por alienações a ideais torpes e infelizes, mas que, ao seu término, me enxergarei modificado mesmo sabendo que esse nefasto cupim depositado em mim, venha a não ser expurgado completamente. Tornar-me-ei o que depois de tudo isso? ainda não sei, lhe confesso, o que posso lhe responder até aqui é que estou sendo lapidado por novas e emocionantes convicções a partir do que há de mais demasiado em mim, a humanidade.

De uma coisa esteja certo, nobre amigo, ser espectador não fará mais parte de meu modo de agir, a coragem de encarar a verdade, me põe como disse em algum lugar Foucault: "o sábio diz o que é, ou seja, o ser do mundo e das coisas. E esse dizer-a-verdade do ser do mundo e das coisas pode adquirir o valor de prescrição, não é na forma de um conselho ligado a uma conjuntura, mas na de um princípio geral da conduta". Heitor narrou essa passagem, lida dias atrás, numa de suas incursões em seu quarto, boquiaberto com essa revelação, matutou horas a fio e, obviamente, que a vaidade quase o seduziu para marcar nele uma ideia quase delirante de que poderia alcançar integralmente o mundo e as coisas, mas a sensatez abriu caminhos entre as brechas que a razão oferece e o situou nos trilhos do bom-senso.

Contudo, não se furtou ao discernimento de, com o passar do tempo e dedicação encarar-se com parresía, nas palavras do filósofo. Tendo-se "como aquele que fala e assume o risco de dizer, a despeito de tudo toda a verdade do que pensa, mas é também a coragem do interlocutor   que aceita receber como verdadeira a verdade ferina que ouve". Com essas palavras de Foucault, Heitor se viu atirado na gruta de seus leões com juba cor de um forte caramelo, ferozes, viris e pouco afeitos à desistência. Seus monstros estavam à espreita, à espera do fatídico vacilo e com as bocas abertas e cheias de dentes enormes e rugindo. Sobre a verdade, havia muito que se dedicar, em que pese o conteúdo difícil e, muitas vezes, amargo dessa escolha, Heitor se percebia cada vez mais como um pesquisador de si mesmo. As reflexões extraídas desse processo sempre em construção o ajudariam a entender melhor os fenômenos sociais que tanto o inquietavam, inclusive tendo ele próprio como personagem de suas críticas. Dizer a verdade, mas o que é a verdade? Independentemente de se debruçar ou não sobre esse importante conceito, preferiu a prática de dizê-la, e sabedor dos seus efeitos, assumir os desencantos. Desencantos, não da verdade em si, mas do que ela causará de espanto positivo e negativo naqueles que a ouvirem. Sentiu isso quando de uma de suas conversas com Benjamim, e, obviamente, ficou receoso de que isso pudesse pôr por água abaixo afetos tão importantes em sua vida. Havia pessoas que poderia perder e que produziria dozes de angústia inevitáveis, e que sem dúvidas marcariam seu coração com cicatrizes. Porém, outras seriam descartadas, é importante saber descartar pessoas, faz um bem danado à saúde mental. Mas, e aquelas que são fundamentais? A que ponto a perda poderia chegar? Qual o tamanho da dor que o acometeria? Essas questões não tinham respostas exatas e nem profiláticas, somente vivendo é que poderiam ser sentidas. Essas dores se antecipavam no caudaloso rio de seus pensamentos, era como se antecipassem para imaginar seus efeitos e as saídas possíveis das quinas e esquinas das aflições. Amigos os tinham por onde passava, já amizades eram lapidações realizadas pela força do tempo e dos consentimentos mútuos, e essas, ele não podia perder. Eram como a alma no corpo e sem alma o corpo falece. As verdades ditas de forma consentida construíram suas amizades bem como escutá-las fortaleceram seus laços ao longo dos anos. É preciso, também, ter coragem para ouvi-la. Por diversas vezes, Heitor foi acusado de pensar em demasia e isso o fez lembrar da frase de Theodor Adorno que diz: sempre falar disso, nunca pensar. O pensamento precisa ser aprisionado em ações impensadas para ser valorizado, enquanto coisa ou mercadoria, pensar analiticamente sobre algo virou perigoso. O culto ao obscurantismo e a mistificação tornaram-se objeto do autoritarismo que precisa de pessoas dóceis e adaptadas ao sistema que as explora sem nenhum ressentimento. Durante anos, Heitor foi dócil, uma espécie de imbecil útil aos propósitos do consumo e quando é despertado nele essa força pulsional por liberdade as pessoas lhe dizem: você pensa demais. O superlativo nesse caso é um remédio poderoso e eficaz contra a ignorância. A fascistização desses tempos sombrios teima em seduzir as pessoas para o abismo, iludindo-as como se fossem recheio de bolo em que as pessoas são a massa para seus fins de manipulação e embrutecimento. Olhar-se pelo vidro translúcido da verdade o colocou em posição de luta contra o ódio e a paixão pelo silêncio e o anseio pela primavera dos diálogos o encheu de ânimo e energia. O reconhecimento dos seus fracassos possibilitou transformações concretas e prenhes de discernimentos, a exemplo do fracasso, como não lembrar Jorge Luis Borges quando disse: há derrotas que têm mais dignidade do que a própria vitória. O que o dignificava foi o fato de tomar-se como objeto de análise e atingir o ponto de estupidez reprodutiva de discursos mistificadores, como discriminar alguém pelo simples fato da cor da pele. Ter consciência de seu preconceito o liberou das amarras da herança cultural que o tornaram, até sua transformação, em um idiota funcional.

— Ao contrário dos cínicos — disse Benjamim — eu não ponho preço nas pessoas como se fossem mercadorias, prefiro dar valor a elas. Essa frase não é minha, foi Oscar Wilde que o disse. Felizmente, concordo com ele e quando ouço você tomar-se como um idiota, percebo o valor da autocrítica e não tenho a menor pretensão de amenizar suas dores . Porém, esse reconhecimento precisa urgentemente ser dialetizado e ressignificado com a maturidade que parece se propor, digo isso porque é comum as pessoas ou negarem completamente o mal que fazem, ou se deprimirem ao enxergar o óbvio. Há certa melancolia nesse processo, aliás, não é nada simples se deparar com as próprias merdas, concorda? Eu mesmo já fiz e falei muitas bobagens ao longo de minha vida cheia de limitações, e com o tempo, pude observar que estava sofrendo desnecessariamente com ilusões financeiras para além de minhas condições reais de sobrevivência. Pode pensar o que quiser, inclusive que, resignado, sou sim. A vida foi limítrofe para mim em consequência de meus pais não terem tido oportunidades melhores e o produto disso é que me tornei naquilo que eles puderam me oferecer, tanto psicologicamente quanto economicamente. Então, decidi parar de sofrer à toa e comecei a olhar meus proventos com olhos menos esperançosos e mais realistas, tenha certeza do que lhe digo, compro tudo que preciso, e os sonhos? Não deixei de tê-los, eles me divertem. Há muita coisa embutida nisso tudo, mas não vale a pena ficar choramingando se posso me alegrar com o que já me satisfaz! As questões que você coloca não têm, necessariamente, a ver comigo, no entanto, esclarecem o porquê de você ter sido privilegiado pelas facilidades que este mundo escroto oferece. Quanto tempo já tem que estamos conversando? Caramba! O tempo voou. Acredito que estejamos bem cansados e eu preciso voltar pra casa. Saio dessa conversa com os miolos fritados — sorrisos de satisfação tomaram seus lábios — e uma boa noite de sono me fará recuperar o fôlego. Faça isso também. Sem uma boa noite de sono perdemos a capacidade de lucidez — despediram-se com os frios e distantes apertos de mãos.

Heitor olhou a poltrona disposta de, modo sedutor à sua frente, e sentiu-se convidado a repousar seu corpo moído sobre ela. Sentir suas costas descansadas, após diálogos travados com seu grande amigo, o fez perceber que a vida é feita de sutilezas gigantes, e que a cada instante são reveladas descobertas cruciais para continuar seguindo os passos em busca de um pouco de paz. Os olhos semicerrados teimavam em não querer fechar por completo, a acústica do assunto ainda era muito presente e soavam como vozes que vinham do além. Tentando desviar a atenção das vozes decidiu esvaziá-las, não de sentido, mas de insistência. Apesar do cansaço mental exigido, deu-se por perdido quando os olhos finalmente fecharam e o colocaram num sono profundo, sem lembrar a última vez em que sonhos amenos estabeleceram contato, perdeu-se em meio ao onirismo de seu inconsciente. Havia dias em que se questionava sobre o temor de ter pesadelos como o que o acometera horas atrás, e sempre punha-se em prontidão para descortinar os olhos e manter-se consciente antes de ser tragado pela outra cena de sua vida subjetiva. Claro que essa estratégia não deu certo, o cansaço foi mais poderoso e o venceu por completo. Adormecido naquela poltrona, objeto inerte e que o fazia sentir-se dono de alguma coisa, já que sua própria consciência pregava diabruras impensadas, desistiu de lutar e se rendeu ao mais imerso de si mesmo.

Acordou, horas depois, com a boca seca e deduziu que dormiu bem, aliás, se a mandíbula estava relaxada ele também relaxou o suficiente. O corpo ainda flácido e semitravado por não ter dormido na cama, necessitava de manobras de alongamentos antes de iniciar as atividades do dia a dia. Em direção ao banheiro e olhando por onde caminhava, se deu conta que haviam pequenos objetos largados pela pequena sala, franziu o cenho em sinal de estranheza, pois, se estava dormindo e tudo estava no lugar onde havia deixado quando da visita de Benjamim, o que aquelas coisas estavam fazendo largadas ao chão? Preferiu não se deter nisso e seguiu em direção ao banheiro para cumprir o rito matinal de higiene. Colocou a pasta de dentes na escova e, em movimentos mecânicos, limpou os dentes, lembrou que, na noite anterior, não escovou e precisava caprichar na escovação como medida de compensação. Como lhe era comum, levantou a cabeça em direção ao espelho para verificar se os dentes estavam brancos e sua imagem não estava onde deveria estar, refletida naquilo que mais parecia um portal do que um simples objeto a refletir o rosto dos que o olhavam. Imediatamente, levou suas mãos ao rosto e sentiu que estava tudo no lugar — nariz, boca, orelhas, queixo e cabelos — então, perguntou-se, o que estava acontecendo? E num piscar de olhos, seus olhos o acordaram, sem ar, e aflito, tentou gritar e, nesse primeiro momento, o ar tão desejado escapou à sua vontade. Persistiu no gesto e o grito saiu, fazendo recuperar o fôlego esperado. Suas mãos suadas revelavam o mal — estar daquele momento tanatânico. Levantou-se, rapidamente, abriu a geladeira e tomou na própria garrafa goles enormes de água. Olhou a seu redor, tocou na mesa, pia, pratos e, em si mesmo, para sentir se o que estava fazendo o ressituava na realidade material das coisas. Havia nisso tudo um quê de crença ilusória que tentava fazer um peixe de água doce sobreviver em água salgada. E era assim que Heitor se sentia asfixiado procurando um oxigênio que coubesse em seus pulmões e em suas compreensões de mundo. Esse mundo torto e repleto de distorções amargurava seus sentidos mais íntimos a ponto de conduzi-lo ao status de louco, a luta interna que vinha travando contra a supremacia dos ideais que o permeavam insistia em repetir a violência histórica com a qual construiu muros reais e outros imaginários na sociedade em que vive.

Deu-se conta que estava, de fato, acordado, pelo menos, fisiologicamente. A respiração que voltara aos poucos, restabelecia a lucidez, o suficiente para diminuir a adrenalina de reviver o pesadelo de não saber em qual realidade estava situada sua consciência. Uma dor de cabeça enorme tomou conta de seu crânio e, quase tateando em busca de um remédio o achou na prateleira em meio aos livros que estavam colocados displicentemente na mesa da cozinha. Cada ruído que ouvia pareciam shows pirotécnicos em sua cabeça, e em movimentos lentos movia seu corpo para pegar a água e colocar no copo como se tivesse se recuperando de uma tetraplegia. Tomado o remédio, agora precisava aguardar o efeito amenizador daquela dor insuportável que estava sentindo. Voltou para a poltrona e, sem conseguir relaxar os olhos, ficou a esperar a recuperação e pôr a lógica em funcionamento. Nesse ínterim, uma ventania abriu a janela do quarto com o ímpeto típico da natureza e o que mais chamou a sua atenção foi o frescor do vento que percorria cada centímetro de seu corpo ainda em recuperação. Esse vento que em outras ocasiões fora sentido de modo contemplativo, dessa vez o angustiou. Recolhendo os papéis que foram lançados ao chão, propositalmente pelo fenômeno, o fez paralisar diante do retrospecto a desenrolar em sua consciência ao estilo de película oito milímetros. Apesar do estado das coisas não irem muito bem, pelo menos não imaginava que fosse para tanto, algo de um saber aparecia como uma luz incandescente e, a consciência que, tempos atrás estava adormecida pelo torpor dos conteúdos aprendidos sem seu prévio consentimento, passou a fazer sentido. Não se tratava de alucinações ou delírios, mas de envolvimento singular com essa outra realidade esquecida, ou propositalmente esquecida diante a força e poder dos afetos envolvidos. O vento, agora, admirado como uma deusa, estabeleceu uma linha de ruptura com o passado conduzido ao trabalho de reconstrução de outra realidade menos morta. Claro — disse de si para si — uma vez que tenha havido uma montagem também é possível haver uma desmontagem. Ora, pensou ele, uma nova montagem não irá destituir integralmente o que foi implantado, no entanto, diante da consciência que ganha forma e manifesta essas aparições, algo novo se estabelece — o saber.

Falando com o livro aberto, entregue aos dedos alongados e protegido pelo calor que saía de cada poro, sentiu-se conquistando a si mesmo. O náufrago de antanho encontrava um jeito de sair da ilha ideológica que o aprisionara entre coqueiros e bananeiras. Nada escapava a seus olhos e o que encontrava pela frente, desde que, servisse a seu objetivo, era utilizado de maneira consentida e autorizada pelo outro transplantado em madeiras, pregos, ferros e palmeiras. O barco da consciência saía da abstração e ganhava aspecto concreto, nem seus sonhos mais terríveis seriam capazes de desfazer tal objeto feito com tanto zelo, esforço e espírito firme. Talvez o mar fosse o seu principal obstáculo e pudesse lançá-lo à mesma ilha que tanto lhe serviu de proteção e segurança. — Ora, pensou —, o mar testará minhas forças, acredito que sim, nunca havia pensado diferente, mas há algo no mar que encoraja. Olhou para o livro e, em concentração, disse em voz tranquila e desafiante — esse mar agitado que tanto borrou a areia das ideias há de mostrar através da insistência de suas ondas os melhores caminhos em busca de mim mesmo —. Fechou o livro imediatamente após o dito, aquietou-se. O vento recolheu seus véus e saiu suavemente por onde entrou. Não era autocomiseração, havia certa tristeza que caracterizava aquilo que se perde, por pior que o perdido tenha sido em algum momento estruturante a garantir miseráveis gratificações. Nenhuma caridade de seu ser o acomodava ou confortava o espírito, apenas o cansaço em transitar em fluxo de indiferenças. O sentimento era de dar abertura ao que o invadia, fosse de alegria ou de tristeza, as delongas perdiam o aspecto de muletas e a verdade exigia como apoio o entregar-se.

Essa tarefa exigia uma personalidade vigorosa e titubear não estava nos planos uma vez que o passo dado adiante cobrava impostos se retrocedesse. Retroagir sim, retroceder impossível — disse ele em pensamento —. Cansado e fatigado pelo sono impedido, ocupou-se em desocupar e o desejo de contemplar, fisgou as lacunas que surgiram ao desabrochar da lucidez.

As luzes foram apagadas ou apagaram por si só? — questionou-se —. Essa pergunta veio em meio ao apagão que sucedera, e ressabiado pelos últimos acontecimentos mentais, questionou-se sobre de qual luz se trataria naquele momento. Tateando cada móvel e pisando lentamente os espaços, dirigiu-se à janela para verificar se havia alguma claridade na parte de fora, percebeu algumas luzes acessas na rua ao lado e respirando fundo constatou que o apagar das luzes não se deu dentro dele mesmo. Nada a fazer a não ser esperar — pensou —. Morar sozinho produzia esses efeitos de sentidos diversos em que falar só, pensar só e fazer tudo, solitariamente, regia as horas e os dias num estado de ser crítico de si mesmo a preencher os espaços vazios que sempre apareciam era perigoso, justamente pela tendência de encerrar em si julgamentos e teorias. Esperar era o verbo mais perverso que podia existir naquela ocasião, pois sentenciava incertezas e abria novos questionamentos, inclusive o mais urgente — A que horas a luz voltaria? Pensou com aflição — Entre escuridões e luzes, sempre haveria de estar, aliás, viver é estar na constância de conflitos inerentes. A todo o momento passavam pessoas falando, cada um em sua linguagem, próximo à sua porta, alguns riam compulsivamente e outros choramingavam com os medos reais e ilusórios que a escuridão proporciona. Em meio ao caos de vozes e lágrimas, ouvira uma voz quase ancestral emergindo como notas musicais de dentro do escuro, uma voz feminina, suave, firme que se assemelhava a da cantora afroamericana Bessie Smith ia regendo as pessoas pelos caminhos mais seguros. Não havia grito e alardes a sair de seus lábios, apenas orientações calmas e objetivas. Pensou se tratar de alguém especializado em situações de pânico, uma bombeira, talvez. Considerou que não, até por que as orientações não seguiam um protocolo rígido, eram cheios de críticas e paciência. Caso fosse um militar o tom agressivo e feroz estaria

marcadamente presente no contexto. Com certeza, alguém com muita paciência e que, ao contrário de Heitor, sabia a arte de esperar.

As pessoas pediam socorro à voz que tentava guiá-los pelo caminho, nem sempre encontravam o lugar da fala firme e tranquilizadora e insistiam no pedido, desesperadamente, aumentando o tom ao se distanciar no labirinto de horrores que se estabelecia entre quinas e curvas até tornarem a ouvir ao longe a voz que dizia — por aqui, vocês estarão seguros se vierem por aqui — O problema era que o por aqui que a voz falava estava repleto de obstáculos invisíveis e, somente palpáveis ao toque esbarrado, e que só era possível saber o que havia no caminho, quando se esbarrava no obstáculo que estava em todos os lados. Às cegas, as pessoas somente se encorajam no rompante do ímpeto em salvar suas próprias vidas, não permitindo nenhum pensamento razoável que possibilite encontrar alternativas em vias de solução rápida. Esperar era um verbo inerte e perverso quando se instala o caos — pensou Heitor na suposta segurança em que estava —. Evitou abrir a porta e se deparar com a confusão e também porque o caos podia entrar em seu conforto, mas se abrisse poderia ajudar alguém a se encontrar, é preciso ser solidário nessas horas e agir conforme o que sente o coração — disse para se ouvir e não ser ouvido — de repente, bateram com muita força a sua porta o que fez com que ele desse alguns passos atrás, antes de tomar qualquer decisão, o corpo congelado e paralisado pela fadiga causada pela medicação, o impedia de agir em consonância com os princípios da solidariedade cardíaca, as mãos trêmulas e o suor a pingar da testa denunciavam seu mal-estar. Cada músculo travado enrijecia as articulações dificultando o movimento, a sensação era de estar fora do próprio corpo sem conseguir fazer-se escutar. As batidas à porta cessaram e os pedidos de socorro permaneciam, porém a voz continuava a dizer — venham por aqui, é mais seguro — dava pra sentir os cotovelos batendo nas paredes e o impacto de corpos caindo e levantando, cujo cenário parecia de selvageria, denunciando o caráter voraz em que as pessoas ficam quando submetidas a situações críticas. Algumas portas estavam sendo derrubadas, dava pra ouvir as pancadas da madeira se chocando na parede, com certeza, a ponta pés, era inconcebível outra explicação. O corpo inerte aos seus comandos, perguntava-se — o que está sendo feito da dona da voz suave e doce que tanto orienta as pessoas a seguirem? Será que ela também está em situação desfavorável ou a paciência é um dom capaz de livrar alguém do caos alheio? onde ela poderia estar, nesse momento em que mais pessoas gritam por ajuda? Enquanto todos se batem contra si, ela parece desviar incólume dos encontrões —. Lembrou-se de um momento singular quando esteve à beira do rio que encantava seus dias. A tarde estava chuvosa, uma chuva fina e constante, em segundos, apareceu um pássaro dando voos rasantes próximo de onde estava a olhá-lo com mais cuidado, verificou que suas penas estavam secas.

Esses mistérios encantavam a vida de Heitor no mesmo ritmo que o acossava em dúvidas e justificativas imprevisíveis, o que poderia fazer com que a dúvida cedesse se encontrava na capacidade de questionar as crenças a partir da verificabilidade dos fatos se soltando das sedutoras ilusões a amarrar a potência dos ideais, em decadência. Deteve-se na voz e quem poderia ser a dona da fala oferecida aos desesperados uma vez que ela também estava na escuridão. Quais mistérios a fazia desviar dos encontros dolorosos tal qual o pássaro das gotículas que caiam das nuvens naquela tarde em que o céu era atravessado pelo arco com cores vibrantes?

O corpo embebido em suor fazia a roupa colar na pele gastada e amanteigada de Heitor, sem abrir a porta ou pedir ajuda, estava preso no porão da liberdade de seus infortúnios, atado à dúvida, mantinha-se sem verbo que pudesse situá-lo em outro lugar que não fosse a distopia daquele dia interminável. O único sentido que restava além do ouvido, era o tato e no ambiente que sempre lhe garantia o retorno, nem as mãos podiam salvá-lo de encontros indesejáveis, batendo suas pesadas pernas nos cômodos e livros jogados no caminho, dirigiu-se à cozinha para beber um pouco de água gelada antes que fosse surpreendido pela demora da energia em falta. Conseguiu abrir a porta e, com a calma que a ocasião demandava, pegou a garrafa e tomou ali mesmo, no gargalo. Mais uma pancada à porta, uma batida seca intercalada com gemidos. Não havia pedidos ou gritos apenas gemidos, algo fora do habitual, por assim dizer — será que há algum corpo estendido? — De uma coisa estava certo, a voz não estava próxima, o que poderia ter havido? Um encontro violento entre corpos e vozes? Quem dera ser um morcego para olhar com os sons e não com os olhos, não havia mais gritos e, no entanto, a luz ainda não tinha sido restabelecida, todos morreram? Pra que servem os olhos já que não posso enxergar? Os ouvidos estão fartos de escutar a mesma coisa e nem uma solução subitamente aparece, são muitos os que falam, os que gritam e os que discussão, e apenas nos é mostrado incredulidades e desatinos. A razão que outrora cantava no alvoroço dos que não querem conhecer, agora perde território para os horrores ilimitados das quinas e quedas promovidas por apagões que insistem em surgir de tempos em tempos. A primavera queima no fogo atirado, e a morte, destino implacável, antecipa-se no tempo, acelera estações e sufoca em sua fumaça tóxica tudo que quer fazer viver. A vida reside triste e desolada, mas persiste e insiste. A foice, a forca e as fogueiras estão em nossos quintais, espreitando com os olhos amarelos os gritos de ajuda dos que estão se acotovelando entre a multidão de desolados e abandonados. Calma — disse em voz controlada — ouve a voz mais uma vez se aproximar, vagarosamente de onde está, será que já sentiu os corpos do lado de fora encostados na porta? Na medida em que ouvia a calma voz encurtando o espaço, percebia que os gritos estavam calados e os sons das pancadas cessaram repentinamente, talvez, ele pensou — posso abrir a porta agora e sentir o que está acontecendo lá fora — sair do cômodo que lhe garantia o conforto não afiançaria nada, a não ser o preço a ser pago pela ousadia de pôr-se em ato. Naquele instante o tempo fez uma pequena pausa e suspendeu qualquer movimento, havia um quê de instante congelado e constrangedor e a voz perguntou.

— Alguém ai? Siga-me, há uma saída pra você.

POSFÁCIO

Prof°. Dr°. Babalawô Ivanir dos Santos[1]

"Ninguém nasce odiando outra pessoa pela cor de sua pele, ou por sua origem, ou sua religião. Para odiar, as pessoas precisam aprender, e se elas aprendem a odiar, podem ser ensinadas a amar, pois o amor chega mais naturalmente ao coração humano do que o seu oposto. A bondade humana é uma chama que pode ser oculta, jamais extinta.

Nelson Mandela "Long Walk to Freedom", Nelson Mandela, (1995)."

A célebre epigrafe escrita por Nelson Mandela, ex-presidente da África do Sul , compõem a sua autobiografia, intitulada "Long Walk to Freedom" publicada em 1995. A passagem história retratara, em palavras escritas, um dos períodos mais emblemáticos da luta

---

[1] Pós- doutorando em História Comparada pela Universidade Federal do Rio de Janeiro (PPGHC/UFRJ). Doutor em em História Comparada pela Universidade Federal do Rio de Janeiro (PPGHC/UFRJ. Pedagogo pela Notre Dame. Membro da Associação Brasileira de Pesquisadores Negros (ABPN), onde coordena a área de pesquisa Experiências Tradicionais Religiosas Espirituais e Religiosidades Africanas e Diaspóricas, Racismo e Intolerância Religiosa. É pesquisador do Laboratório de História das Experiências Religiosas (LHER-UFRJ) e no Laboratório de Estudos de História Atlântica das sociedades coloniais pós coloniais (LEHA-UFRJ). Coordenador da Coordenadoria de Religiões Tradicionais Africanas, Afro-brasileiras, Racismo e Intolerância Religiosa (ERARIR/LHER/UFRJ); Conselheiro Estratégico do Centro de Articulações de População Marginalizada (CEAP); Interlocutor da Comissão de Combate à Intolerância Religiosa (CCIR); Conselheiro Consultivo do Cais do Valongo; Vice-presidente da América Latina no Conselho Internacional African traditional religious organizations, the Ancient Religion Societies of African Descendants International Council (ARSADIC), Nigéria. Tem experiência nas seguintes áreas: Educação Étnico-racial e questões africanas; Direitos Humanos e Cidadania; Relações Internacionais; Religiões tradicionais da África Ocidental e Afro-brasileiras.Currículo   Lattes - http://lattes.cnpq.br/2914229161403132

antirracismo, o luta anti-colonialismo e contra os processos de intolerância no continente África, e em especial na áfrica do Sul. Se estivesse vivo, Mandela, símbolo das lutas contra o apartheid, completaria, no dia 18 de julho de 2020, cem e um anos de vida. E provavelmente estaria observando atentamente os desdobramentos das lutas contra o racismo e a intolerância religiosa no Brasil, que de forma indireta cria cotidianamente vários apartheid social, político, econômico e religioso.

Apathaid, é uma palavra lafrikans (ou africâner), uma língua creolizada derivada do encontro entre a língua holandesa com as línguas nativas sul-africanas, e no seu sentido literal significa separação ou segregação. A política de segregação racial fez da África do Sul o único país do mundo a definir os direitos fundamentais dos seus cidadãos tomando como base a cor da pele, separando brancos e negros no mesmo espaço geográfico.

Algo bem diferente das configurações políticas e sociais do Brasil, que foi construído sobre a ideia de "democracia racial" com o intuito de passar uma imagem de convivência pacifica e harmoniosa entre as "três raças" (indígenas, negra africanas e branca européia), afim de não evidenciar todas as mazelas deixadas em nossa sociedade com o sistemas escravocrata.

Enquanto a política do aparthaid, entre as décadas de 1940 a 1990, evidenciou o racismo como um problema político e social na África do Sul, tal como o episódio em Shaperville onde milhares de sul-africanos saíram às ruas protestando contra a segregação racial no país, no Brasil tais questões foram destencionadas com narrativas pela historiografia tradicional construídas sobre o processos de invisibilização do racismo e com políticas de emabraquecimento social, tal como as ações de sileciamento de intolerância religiosa que vem cerceando, cotidianamente, a liberdade religiosa.

E é ai, acredito, que neste exato momento em que as lutas pelas liberdades, pela tolerância e antirracismos vem crescendo no nosso país, o trecho da citação acima possa ser a melhor maneira de dar de resumir a proposta apresentadas pelo nosso querido autor, Thiago José Ramos de Araújo. Ao transmitir, através do seu romance, todo o eixo central empreendido para a realização desse trabalho que é a busca pela alteridade. Ramos nos permite sairmos de nos vermos afim de compreendermos, por trás da narrativas, as sutilezas da experiência do encontro com o outro. Um mergulho no eu e sob as narrativas das "ficções" reais e fragmentadas de "vidas postas fora das molduras impostas por um sistema de pensamentos normalizadores". Destarte, foi lutando contra as imposições da normatização social e religiosa que homens e mulheres, marginalizados pelo tempo e pelas histórias oficiais, começaram a pautar as experiências e suas necessidades afim de romperem com condições impostas pelas estruturas sociais.

Assim, ao se propor e escrever com os olhos voltados sobre o laboratório das "relações sociais cotidianas", Ramos, pelo olhos de seu personagem, Heitor, nos imputa a realidade de narciso, olha-se no espelho além do reflexos que queremos enxergar...Racismo, intolerância, questões de gênero, marginalidades sociais, vulnerabilidades. Vozes do tempo silenciadas sobre o tempo. É a 'macumba" do preto(a), é preto(a) associado à criminalidades é um peso histórico dentro de um histórico de desqualificação social que a tempo reportam nossas existencias para o porões dos navios negreiros.

Nossa História não começa com a escravidão!

Temos uma História.